너무 늦기 전에 들어야 할
죽음학 강의

너무 늦기 전에 들어야 할 죽음학 강의

1판 1쇄 발행 2014. 7. 16.
1판 10쇄 발행 2024. 4. 10.

지은이 최준식
그린이 김호연

발행인 박강휘
발행처 김영사
등록 1979년 5월 17일(제406-2003-036호)
주소 경기도 파주시 문발로 197(문발동) 우편번호 10881
전화 마케팅부 031)955-3100, 편집부 031)955-3200 | 팩스 031)955-3111

값은 뒤표지에 있습니다.
ISBN 978-89-349-6863-4 03810

홈페이지 www.gimmyoung.com   블로그 blog.naver.com/gybook
인스타그램 instagram.com/gimmyoung 이메일 bestbook@gimmyoung.com

좋은 독자가 좋은 책을 만듭니다.
김영사는 독자 여러분의 의견에 항상 귀 기울이고 있습니다.

행복하게 살기 위해서 꼭 필요한 공부

너무 늦기 전에 들어야 할
죽음학 강의

최준식

김영사

천(千)의 바람이 되어

|

작자 미상

내 무덤 앞에서 울지 마세요.

나는 그곳에 없습니다. 나는 잠들지 않습니다.

나는 천의 바람, 천의 숨결로 흩날립니다.

나는 눈 위에 반짝이는 다이아몬드입니다.

나는 무르익은 곡식 비추는 햇빛이며, 부드러운 가을비입니다.

당신이 아침 소리에 깨어날 때 나는 하늘을 고요히 맴돌고 있습니다.

나는 밤하늘에 비치는 따스한 별입니다.

내 무덤에서 울지 마세요.

나는 그곳에 없습니다.

나는 죽지 않았습니다.

차례

두 번째 이야기

천의 바람이 되어

세 번째 이야기

그 이후에 일어나는 일

네 번째 이야기

비로소, 삶

여행을 떠나기에 앞서

우리는 살면서 사랑하는 많은 사람들의 죽음을 목도합니다. 부모님부터 배우자, 친구, 지인, 이웃들이 아무 예고도 없이 우리 곁을 떠납니다. 그들은 죽음 이후 어디로 가는 걸까요? 육체의 죽음으로 우리의 삶도 끝나는 것일까요?

역사적으로 동서고금의 수많은 선지자들이 우리의 삶은 이 한 생에 그치지 않는다고 수없이 이야기해왔습니다. 그러나 많은 사람들은 그 말에 잘 관심을 기울이지 않습니다. 이 책에서는 여러분에게 다른 가능성을 열어놓으려 합니다. 죽음 이후에도 우리의 삶은 존재한다는 가능성입니다. 우리가 이번 한 생만 산다고 믿는 분들도 마음을 열고 이 책을 읽어봐주시길 바랍니다.

제가 좋아했던 책이 있습니다. 조지 미크(George W. Meek)라는 미국인이 쓴 것인데 《After We Die, What Then?》이라는 제목의 책입니다. 제목을 번역하면 "우리가 죽으면 그다음에는 어떻게 될까?"정도가 되겠습니다. 이 제목은 제가 이 책에서 말하려고 하는 것과 내용이 일치합니다. 여러분은 인간이 죽은 뒤에 벌어지는 상황에 대해 생각해보신 적이 있는가요?

우리가 죽음에 대해 공부하는 것은 결국 잘 살기 위해서입니다. 죽음을 직시하고 잘 맞이하려고 노력하면 어떻게 살아야 하는가에 대한 생각이 바로 섭니다. 우리의 삶은 죽음을 생각할 때 완성됩니다. 삶 하나로만은 충분하지 않습니다. 마찬가지로 죽음도 삶의 내용이나 질이 제대로 받쳐줄 때 완성되는 법입니다.

죽음을 공부하십시오. 그래야만 삶이 깊어집니다. "죽음이란 무엇인가? 어떻게 죽을 것인가?"는 삶에서 가장 중요하고 가치 있는 질문입니다. 이에 대한 답은 결국 "어떻게 살 것인가? 삶의 목적이 무엇인가?"에 대한 답이 될 것입니다. 삶은 죽음을 통해 나옵니다.

그래서 자신의 죽음을 준비하는 일은 미리미리 시작해야 합니다. 젊었을 때 아무 생각 없이 살다가 늙어서 죽음의 그림자가 다가온 다음에 시작하려고 하면 너무 늦습니다. 죽음에 대해 아무런 준비 없이 살다가 느닷없이 노년을 맞이하면 인지상정상 죽음을 더 피하고 싶어지는 법입니다. 죽음이 실감 날 정도로 가까이 왔기 때문에 그렇습니다. 그래서 죽음 공부는 젊었을 때부터 해야 합니다.

저는 이 책을 쓰기 위해 그동안 이 주제에 대해 동서양에서 연구된 자료들을 제가 아는 한 많이 동원했습니다. 오랫동안 공부하고 연구서도 발표한 끝에 이것을 총정리해 가장 쉬운 지침서를 만들어보아야겠다는 생각이 들었습니다.

우리는 낯선 곳으로 해외여행을 떠나게 되면 반드시 그 대상 지역에 대해 공부합니다. 가서 생길 수 있는 시행착오도 줄이고 여행을 실속 있게 하려는 의도로 말입니다. 그렇다면 죽음 너머 떠나는 여행도 면밀하게 준비해야 되는 것 아닌가요? 여러분들이 이 여행을 준비하실 때 유용하게 활용할 수 있는 지침서가 있으면 좋겠다는 생각이었습니다.

그래서 가능한 한 쉽고 간결하게 쓰려고 노력했습니다. 명상하는 것처럼 조용히 읽으면 요즘 잘 하는 말로 자가(自家) 힐링

작용이 일어날 것입니다. 아무 부담 갖지 마시고 생각이 날 때마다 조금씩 읽으면서 자신의 삶을 되돌아보았으면 하는 바람입니다. 그렇게 하면 분명 마음속에서 울려나오는 바가 있을 터인데 여러분들은 그 울림에 따라 행동하면 됩니다.

마지막으로 당부드리고 싶은 것은 이 책에 나오는 내용이 여러분들의 종교적 신념과 상충되더라도 신경 쓰지 말라는 것입니다. 이런 영적인 내용은 절대로 다른 사람에게 강요하지 않는 것이 철칙입니다. 이 가운데 받아들일 수 있는 부분이 있으면 받아들이시고 이해가 안 되거나 동의할 수 없는 부분은 그냥 넘기시면 됩니다.

우주는 여러분들이 궁극적인 자유를 얻을 때까지 무한정 기다리고 있습니다. 자신의 깊숙한 내면에서 울려나오는 목소리에만 주의를 기울이십시오. 모든 것은 나로부터 시작됩니다.

2014년 6월에, 지은이 삼가 씀

첫 번 째
이 야 기

진짜
중요한
질문을 할 때

두려움에서 벗어나기

✦

당신의 삶이 마지막 국면에 들어섰다는 가정을 해봅시다. 건강을 되찾아 일상으로 돌아갈 수 있는 시간은 지났습니다. 당신은 세상에서 하는 말로 '죽음'을 향해서 가야 합니다. 당신은 이제 죽으면 다 끝났다고 생각하시나요?

20세기 후반에 들어오면서 인류 역사상 최초로 죽음 뒤의 세계에 관한 과학적인 연구가 시작되었습니다. 바로 근사체험(Near-Death Experience)에 대한 연구이지요. 근사체험이란 의학적으로 죽음을 선고받은 사람들이 영혼 상태가 되었을 때 겪는 체험을 말합니다.

이 체험자들은 한결같이 인간은 죽으면(몸을 벗으면) 영혼 상태가 되어 영계로 가고 그곳에서 상당 기간 머무른 다음 다시 이

지상으로 내려온다고 증언했습니다.

동서고금의 철학자와 사상가들은 죽음을 칭송합니다. 예를 들어 어떤 사상가는 "죽음은 신이 인류에게 내린 최고의 선물"이라고 하는가 하면 어떤 이는 "죽음처럼 달콤한 키스는 없다"라고 했습니다. 그런가 하면 이슬람교에서 가장 뛰어난 신비가였던 루미는 "죽음은 감미로운 것이며 영원을 향한 여행"이라고 했습니다. 루미가 죽음에 대해 남긴 시를 읽어볼까요?

나는 돌로 죽었다. 그리고 꽃이 되었다.
나는 꽃으로 되었다. 그리고 짐승이 되었다.
나는 짐승으로 죽었다. 그리고 사람이 되었다.
그런데 왜 죽음을 두려워하는가?

죽음을 통해서 내가 더 보잘것없는 것으로 변한 적이 있는가?
죽음이 나에게 나쁜 짓을 한 적이 있는가?
내가 사람으로 죽은 다음 내가 될 것은 한 줄기 빛이나 천사이리라.
그러면 그 후는 어떻게 될까?

그 후에 존재하는 것은 신뿐이니 다른 모든 것은 사라진다.

너무 늦기 전에 들어야 할 죽음학 강의

나는 누구도 보지 못하고 누구도 듣지 못한 것이 되리라.

나는 별 속의 별이 되리라.

삶과 죽음을 비추는 별이 되리라.

루미는 이 시에서 지구에 있는 사물이 진화되는 과정을 적고 있습니다. 무생물(돌)에서 식물(꽃)로, 식물에서 동물로, 동물에서 인간으로 말입니다. 맨 마지막에 인간으로 죽은 다음에는 신과 하나가 됩니다. 이것은 루미가 우리의 죽음을 삶의 완성으로 본 것입니다.

이렇게 신비가들은 죽음에 대해 아주 긍정적인 생각을 갖고 있습니다. 이들은 죽음이 어떤 것인지 알고 있기에 이런 말을 할 수 있을 겁니다. 그러나 이처럼 죽음과 영의 세계가 좋다고 해서 지금 죽어서 영계로 빨리 가자는 것은 절대 아닙니다. 우리는 할 일이 있어서 이 지상에 왔습니다. 그 일을 찾아 다 이루고 가야 이번 생이 완성됩니다. 이 문제는 뒤에서 카르마를 다룰 때 자세하게 보겠습니다.

그런데 근사체험자들의 귀중한 체험을 더 들어보면, 우리가 이렇게 몸을 벗은 다음에나 홀가분함을 느끼는 게 아니라고 합니다. 이들은 하나같이 죽음이 거의 임박했을 때, 그러니까 영체가 육체를 막 빠져나가려고 할 때 이미 극히 안온한 순간이 찾아온다고 말합니다.

예를 들어보면, 우리가 물에 빠졌을 때에 처음에는 물을 많이 먹어 숨을 쉴 수 없기 때문에 말로 표현하기 힘들 정도로 답답함을 느낍니다. 그러다 이게 어느 순간을 넘어서면 그런 안 좋은 느낌은 사라지고 아주 편안한 상태가 된답니다. 이때의 편안함역시 설명하는 게 힘들다고 합니다. 육체를 갖고 살아 있을 때에는 전혀 느껴보지 못한 안온함이기 때문입니다.

같은 상황은 산에서 발을 헛디뎌 조난을 당할 때에도 일어납니다. 조난 당한 사람은 처음에는 너무 놀라 정신이 없지만 상황이 위급해지면 방금 전에 말한 것처럼 마음이 지극히 편안해진다고 합니다. 이와 동시에 그때까지 산 삶의 주요 장면들이 주마등처럼 펼쳐집니다. 지극히 짧은 시간이지만 아주 생생하게 그장면들이 지나갑니다. 이런 일은 우리가 큰 사고를 당해 삶과 죽음 사이에 놓였을 때에 항상 일어나는 현상입니다.

이때 우리의 마음이 편안해지는 것은 의학적으로도 설명이 가능합니다. 임종이 코앞에 닥치면 우리 몸에서 엔도르핀이 다량으로 방출된다고 합니다. 엔도르핀은 모르핀과 같은 것이라 진통 효과가 아주 탁월합니다. 그래서 마음이 지극히 편안해집니다. 이때 이런 호르몬이 많이 나오는 것은 자연의 배려가 아닐까

합니다. 이생의 마지막 순간을 편안하게 만듦으로써 보다 더 안정된 상태에서 죽음을 맞이하라는 자연의 배려 말입니다.

지금까지 간단하게 죽는 순간에 대해 보았습니다. 그런데 어떻습니까? 이렇게 보아도 저렇게 보아도 죽음을 두려워할 일이 아니지 않습니까?

죽는 순간도 그렇고 죽음 이후의 세상도 그렇습니다. 자신이 올바르게 살았다면 두려워할 게 없습니다. 크게 나쁜 짓만 하지 않았다면 두려워하지 않아도 됩니다. 이런 사실을 바로 알고 이제부터라도 삶을 올바르게 하려고 노력하면 됩니다.

삶에서 가장 중요한 질문

❖

그런데 이제 내 삶이 몇 개월 안 남았다는 것을 알게 되니 지난 삶이 다르게 보이기 시작합니다. 나에게 남은 시간은 6개월입니다. 내가 평생 추구했던 것들이 아무 의미가 없어 보입니다. 이제 몇 개월이면 이 세상을 뜰 터인데 돈이 아무리 많은들 무엇을 할 것이고 땅이 아무리 많은들 무엇을 하겠습니까? 그런 것들은 내 삶을 연장시켜주지도 않고 의미 있게 만들어주지도 않습니다.

평소에는 이런 생각을 잘 갖지 않았습니다. 죽음이 임박해오니 그제야 이런 세속적인 것들이 모두 그림자처럼 실체가 없다는 것을 알게 됩니다. 또 모래를 움켜쥐었을 때 손가락 사이로 모래가 빠져나가 잡을 수 없는 것처럼 이런 것들이 모두 헛된 것이라는 것을 깨닫게 됩니다.

그런 상태가 되면 우리는 내 삶에서 무엇이 중요한 것인지 찾아보게 됩니다. 내 삶을 객관적으로 돌아보기 시작하고 이런 질문을 스스로에게 하게 됩니다. 내 삶은 의미가 있었는가? 나는 훌륭한 아버지 혹은 남편이었는가? 나는 아내 혹은 어머니 역할을 잘 했는가? 나는 주위 사람들에게 잘 했는가? 그들을 기만하지 않고 진심으로 섬겼는가? 등등 자신의 삶을 돌아보게 됩니다. 이것은 자신이 제대로 살았는지 점검해보는 것입니다. 궁극적인 의미를 찾는 것이지요.

그런가 하면 죽음이 가까이 오면 평소에는 관심이 없었던 종교적인 질문을 하기도 합니다. 특히 죽음이 코앞에 왔으니 사후생의 존재 여부가 아주 궁금해질 수 있습니다. 종교에서는 우리가 죽은 후에 영혼으로 존재한다고 하는데 정말로 그런 것인지 궁금증이 생깁니다.

이런 질문에서 진일보해 한층 더 종교적인 문제에 관심을 가질 수도 있습니다. 만일 당신이 그리스도교인이라면 하느(나)님은 정말로 존재하며 어떤 분인가와 같은 심오한 문제를 더 깊게 생각해볼 수 있습니다. 또 내가 영계로 가면 예수님을 진짜로 만날 수 있는지 등과 같은 문제에 대해서도 궁금할 수 있겠지요? 그리고 불교도라면 내가 죽은 다음에 진짜 극락에 갈 수 있는 건지, 부처님은 어떤 분인지와 같은 문제에 관심을 기울일 수 있습니다.

이런 질문들은 대단히 중요한 것입니다. 우리 삶에서 가장 중요한 질문들이기 때문입니다. 그런데 우리는 평소에 이런 질문들을 그다지 하지 않았습니다. 그저 먹고살기 바쁘다는 핑계로 다 제쳐놓았습니다. 그러나 이제 얼마 남지 않은 내 생애를 생각해보니 이런 질문들 외에 더 가치 있는 질문이 없다는 것을 새삼스럽게 깨닫게 됩니다.

만일 이런 질문들이 정말로 궁금해지면 지체하지 말고 답을 얻기 위한 작업을 시작해야 합니다. 책을 뒤져보아야 하고 이런 문제에 밝은 사람들을 만나 가르침을 받아야 합니다. 또 수련이 필요하면 해야 합니다.

교회에 나가는 사람들은 성서를 정말로 진솔하게 읽으면서 마음속 깊은 곳으로부터 나오는 기도를 해야 합니다. 이렇게 해야 자신의 마음속 깊은 곳에 있는 영성이 깨어납니다. 6개월이라는 시간은 결코 짧은 것이 아닙니다. 지금부터 이런 공부와 수련을 시작해도 결코 늦지 않습니다. 30년을 엄벙덤벙 살다가 속절없이 가는 것보다 6개월이라도 이렇게 온 힘을 다해 자신의 영적인 깨달음을 위해 노력하는 게 낫습니다.

지금까지 알아본 이유 때문에 죽음을 마지막 성장의 기회라고 하는 것입니다. 마지막이라는 것도 중요하지만 짧은 기간임에도 불구하고 이때 일취월장 식으로 성장할 수 있어 이 시기는 대단히 좋은 기회입니다. 워낙 상황이 급박해 전심전력하게 되니 그 성장 속도가 믿기지 않을 만큼 빠릅니다. 그래서 이 시기를 어떻게든 살려야 합니다.

그런데 대부분의 우리는 어떻게 합니까? 죽음을 자신의 입장에서 적극적으로 맞이하지 못하고 죽음에 끌려가는 경우가 많습니다. 피하고 피하다가 죽음에 휩쓸려가듯 어쩌지 못하고 끌려가는 것입니다. 조금 의식이 있을 때에는 무익한 연명 치료에 매달립니다. 그래서 어떻게 하면 더 살 수 있을까만 생각합니다.

그러다 상황이 더 나빠져 의식이 왔다 갔다 하는 상태가 되면 어쩔 수 없이 인공 호스를 끼우는 등 더 안 좋은 상태가 됩니다. 이런 경우 중환자실로 가는 경우도 적지 않습니다. 중환자실로 들어가면 본인이 사는 게 아니라 기계가 대신 살아주는 꼴이 됩니다.

우리가 가장 피해야 할 죽음 가운데 하나가 바로 이 중환자실에서 임종을 맞이하는 것입니다. 여러분들은 가능하면 이 중환자실은 피해주기 바랍니다. 중환자실에서 건강을 되찾고 나온다면 문제가 없습니다마는 그곳에서 임종을 맞이하는 것은 생각하기도 싫은 일입니다.

임종의 순간이 다가오는 것을 절대 피하지 마십시오. 쓸데없는 치료는 다 거부하고 죽음과 친구가 되려고 노력해보십시오. 죽음은 우리에게 큰 선물이라고 앞에서 이미 이야기하지 않았습니까. 자신에게 그렇게 되뇌면서 죽음을 즐겁게 맞이해보십시오. 가능한 한 의식을 놓지 않도록 노력해주십시오. 임종 순간에 가장 좋은 것은 몸을 벗기 직전까지 의식을 갖고 가족들과 대화하는 것입니다.

그런데 이렇게 하려면 일반 병실보다 호스피스실로 가는 게 나을 것입니다. 호스피스실은 죽으러 가는 게 아닙니다. 호스피스실은 다른 높은 세상으로 여행을 떠나는 터미널 같은 곳입니다. 흡사 공항과 같은 곳이라고나 할까요? 우리가 공항에서 비행기를 타고 하늘로 높이 날아가듯이 호스피스실에서 우리는 몸을 벗고 자유로운 영혼이 되어 날아갑니다.

차원의 이동

죽음은 또 다른 시작일 뿐입니다. 죽음이란 단지 이 거친 몸을 벗는 것일 뿐입니다. 이것은 흡사 애벌레가 어느 시기가 되면 나비로 변하는 것과 같습니다. 애벌레와 나비는 존재하는 차원이 다릅니다. 애벌레는 땅을 기어 다니지만 나비는 하늘을 마음껏 날 수 있습니다. 또 나비는 아름다운 몸을 가지고 있습니다.

우리 몸과 영혼의 관계도 이와 같습니다. 우리에게는 크게 볼 때 두 개의 몸이 있습니다. 육체(physical body)와 영체(psychic body)입니다. 우리의 몸이 쇠약해지거나 큰 부상을 당해 영혼을 담고 있을 수 없으면 영혼은 자동적으로 몸을 나갑니다.

그리고 새 몸을 받게 됩니다. 이 몸을 세상에서는 영혼 혹은 영체, 영인, 의식체(conscious body)라고 부릅니다. 영혼이 머무는 곳은 물질이 없고 에너지만 있는 세계입니다. 색이 아니라 빛이 있는 세상입니다. 모든 것이 빛나고 있어 아름답기가 그지없습니다. 지상의 아름다움은 여기에 비하면 그림자 정도밖에는 되지 못합니다. 빛이 물질화하면 색이 되는데 색은 빛에 비하면 칙칙하기 짝이 없지 않습니까.

레이저 광선 쇼를 한번 상상해보십시오. 빛으로 하는 쇼라 현란하고 매우 아름답습니다. 색으로는 그런 광경을 만들어내지 못합니다. 아니면 불꽃놀이를 연상해보십시오. 불꽃놀이는 그 빛이 너무도 찬란해 가슴을 설레게 합니다. 불꽃놀이가 그렇게 아름다운 것은 빛으로 하기 때문입니다. 색으로는 그런 장관을 연출하지 못합니다.

그런데 영계(저승)는 이와 비교가 안 됩니다. 이보다 훨씬 아름답습니다. 이것을 어떻게 아느냐고요? 우리 주위에는 죽었다 살아난 사람들이 있지요. 이들의 체험을 '근사체험' 혹은 '임사체험'이라고 합니다. 이들은 의학적으로 사망을 선고받았다가 다시 살아난 사람들입니다. 이들은 영계의 문 앞에까지 갔다 온 사람들입니다.

영혼 상태가 돼서 그들이 본 세상은 아름답기 그지없었습니다. 그들은 공통적으로 영계의 아름다움은 지상의 언어로는 설명할 수 없다고 말합니다. 당연한 이야기입니다. 색깔의 세계인

지상의 언어로 빛과 에너지만 있는 세계를 설명하기란 불가능한 일입니다.

우리가 이른바 죽는다는 것은 바로 이런 세계에 들어가는 것입니다. 이 거친 몸을 벗고 영체가 되어 극히 자유로운 곳으로 가는 것입니다. 이 점도 뒤에서 다시 자세하게 이야기하겠습니다.

이 육신을 벗고 영체라는 새로운 몸으로 갈아입는다는 게 얼마나 좋고 신나는 일인지 지금의 상태로서는 알기 힘듭니다. 그것은 우리가 이번 생을 살면서 이 몸에 너무 익숙해져 다른 상태를 생각하기 힘들기 때문입니다.

육신을 벗었을 때 느낄 수 있는 상쾌함을 그동안 저는 잠수복이나 우주복을 입고 있다가 벗었을 때의 홀가분함에 많이 비유했습니다. 우주인들이 우주정거장에 나가서 일할 때 입는 우주복을 생각해보십시오. 얼마나 둔중합니까?

우주복은 주위에서 잘 볼 수 없으니 잠수복으로 설명해보지요. 스킨 스쿠버 할 때 입는 날렵한 잠수복이 아니라 물속에서 작업할 때 입는 아주 둔중한 잠수복을 생각해보십시오. 이것은 물속에서 수압을 견뎌내기 위해 만들었기 때문에 부피가 큽니다. 그뿐만 아니라 머리에도 흡사 우주복의 모자처럼 생긴 큰 헬멧을 씁니다. 산소도 통으로 해서 따로 가져가는 게 아니라 배에서 호스로 연결해서 해결합니다. 호스까지 연결되어 있으니 이 잠수복을 입고 움직이는 것은 대단히 힘들 것입니다.

그러니 이런 잠수복을 입고 있으면 몸이 얼마나 둔해질까요? 한 걸음 한 걸음 걷기도 힘들 겁니다. 게다가 물속이니 움직이기가 더 불편합니다. 앞도 잘 보이지 않을 뿐만 아니라 물안경을 쓰고 있어 시야도 좁습니다.

그런 상태로 물속에서 일하다가 작업을 끝내고 배 위로 올라옵니다. 그리고 잠수복을 벗고 평상복을 입습니다. 그때 그 홀가분함이나 쾌적함을 어떻게 표현할 수 있을까요? 몸을 움직여보면 금세 알 수 있습니다. 마음대로 움직일 수 있으니 말입니다. 빨리 뛸 수도 있고 점프도 할 수 있습니다. 잠수복을 입고 있을 때와 비교해보면 그 자유로움을 말로 다 하기가 힘듭니다. 그런데 만일 이런 잠수복을 입은 상태에 익숙해지면 그것을 벗었을 때 어떤 상태인지 잘 모를 수 있습니다.

우리가 몸을 막 벗고 영체가 되었을 때 느끼는 자유로움이 이와 비슷하다 하겠습니다. 아니 사실은 이것과도 비교가 안 될 겁니다. 왜냐하면 잠수복을 입었다 벗는 것은 같은 차원에서 이루어지는 일이지만 육체에서 영체로 바뀌는 것은 차원이 다른 데에서 이루어지는 일이기 때문입니다. 육체에서 영체로 바뀌는 것은 낮은 차원에서 높은 차원으로 상승하는 겁니다.

좋은 죽음을 맞이하는 자세

세간에서는 우리의 죽음과 관련해 '9988234'라는 재미있는 숫자가 유행하고 있습니다. 많은 분들이 이 숫자의 뜻에 대해 들어본 적이 있을 겁니다. 99세까지 팔팔(88)하게 살다가 2~3일 아프다 죽는다(4, 死)는 것이 그것입니다. 그러니까 가능한 한 오래 건강하게 살다가 2~3일만 아프다 죽고 싶다는 것이지요. 이런 바람을 갖는 것은 충분히 이해가 됩니다. 죽음 자체가 두렵고 싫지만 죽음이 임박했을 때 아픈 것도 싫다는 것입니다. 그래서 잠깐만 아프고 바로 죽자는 것이지요.

이와 비슷한 이야기를 들은 적이 있습니다. 일본 어딘가에 '꼴깍사'라는 절이 있답니다. 이 절이 유명하게 된 것은 이 절에서 빌면 잠잘 때 '꼴깍' 보내준다고 하기 때문입니다. 그러니까 잘 때 아무 고통 없이 임종할 수 있다는 것입니다. 얼마나 죽음이 두렵고 아픈 게 싫었으면 이렇게 빌겠습니까? 다 이해가 됩니다.

그런데 이렇게 죽음을 맞이하는 데에는 문제가 있습니다. 이렇게 임종을 맞이하면 본인은 좋을지 모르겠습니다. 편하게 죽음을 맞이하니 말입니다. 그러나 남은 가족들은 어찌합니까? 자신들이 사랑했던 부모나 배우자가 갑자기 이렇게 간다면 그 허망함과 슬픔을 어찌하지요? 이별을 제대로 못했으니 그 한을 어찌하느냐는 겁니다.

'사랑한다'고 한 번이라도 더 말하고 싶었는데, '미안하다'고 내 마음을 꼭 전하고 싶었는데, 눈을 마주치고 한 번이라도 안아드리고 싶었는데 그렇게 황망하게 가버리면 남은 사람들은 그 아픔을 어떻게 하나요? 우리는 남은 가족들도 꼭 생각해야 합니다.

그리고 이렇게 가는 것은 본인에게도 결코 좋은 게 아닙니다. 물론 그전에 자신의 죽음을 다 준비했다면 문제가 없겠지만 준비가 없거나 미흡하게 했다면 이런 죽음은 본인에게도 큰 손해가 됩니다. 앞에서도 누누이 이야기했지만 임종 준비를 제대로 하지 않으면 어렵게 살아온 이번 생의 의미가 퇴색할 수 있습니다.

인생에서 가장 중요한 순간을 맞이할 준비가 되었습니까?

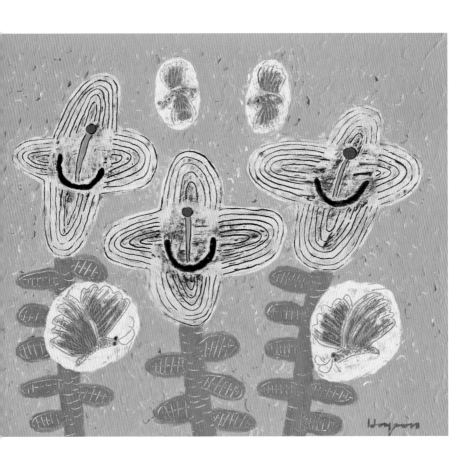

우리는 낯설고 먼 곳으로 여행을 떠나게 되면 반드시 그 지역에 대해 공부합니다. 가서 생길 수 있는 시행착오도 줄이고 여행을 실속 있게 하려고 그렇게 하는 것입니다. 그렇다면 죽음 너머 떠나는 여행도 면밀하게 준비해야 되지 않을까요? 그 준비에 따라서 지금 이곳의 삶도 달라질 것입니다.

그러면 어떻게 죽음을 맞이하는 게 가장 좋을까요? 이것은 중요한 문제라 나중에 이야기하려고 했는데 기왕 나온김에 여기서 잠깐 언급하도록 하겠습니다. 워낙 중요한 문제라 좋은 죽음에 대한 생각은 앞으로도 계속해서 다른 각도에서 제시할 것입니다.

가장 이상적인 임종 모습을 간단하게 보면 이런 겁니다. 우선 임종이 임박한 시점까지 건강해야 합니다. 이 일이 결코 쉽지 않다는 것은 알지만 이상적인 경우가 그렇다는 것입니다. 몸은 노화되기 때문에 어쩔 수 없이 다소 문제가 있을 수 있습니다. 그러나 의식은 확실히 깨어 있어야 합니다.

그렇게 있다가 임종이 코앞에 닥쳐오면 약 2주나 한 달 정도만 건강이 나빠지는 것이 좋습니다. 이승을 떠날 준비를 하는 것이지요. 앞에서 말한 것처럼 급자기 이승을 떠나는 것은 좋지 않습니다. 이처럼 2주나 한 달 정도의 시간이 있어야 합니다. 그동안 본인은 몸을 벗을 준비를 하면서 다음 세상을 맞을 준비를 합니다. 그리고 가족들뿐만 아니라 주위의 친했던 사람들과 충분하게 이별을 나눕니다. 이렇게 마음을 정리하는 게 정말로 필요합니다.

그런 시간을 보내다 때가 되면 사랑하는 가족들 사이에서 편안하게 몸을 벗습니다. 이 세상에서 내가 가장 사랑하는 사람들이 지켜보는 가운데 몸을 벗으니 얼마나 마음이 편하겠습니까? 공연히 내 육체에 더 이상의 집착을 가질 필요 없습니다. 이때 주의해야 할 일들에 대해서는 뒤에서 상세하게 다루도록 하겠습니다. 당신은 배우자나 자식들이 주는 축복 속에서 마지막까지 의식을 잃지 않고 천천히 몸을 빠져나가면 됩니다. 그러면 다음 세상이 찬란하게 열릴 것입니다.

이것은 가장 이상적인 경우만을 이야기한 것입니다. 안타깝게도 이런 임종을 맞이하는 사람은 그리 많지 않습니다. 앞서 말한 것처럼 우리 대부분은 임종 전 몇 달 혹은 며칠 전부터 의식불명 상태 혹은 의식이 오락가락하는 상태로 있다가 속절없이 임종을 맞이하기 때문입니다.

임종을 맞이하려면 정말로 많은 준비가 있어야 합니다. 죽을 때가 다 되어서 준비를 시작하려면 늦습니다. 젊을 때부터 준비를 해야 합니다. 운동은 기본이고 음식도 조심해야 합니다. 말년에 고생하지 않기 위해서는 운동도 규칙적으로 하고 나쁜 음식도 삼가야 합니다. 그리고 무엇보다도 마음이 바로 서 있어야 합니다. 이와 같이 젊은 시절을 보내야 말년에 병원에서 고통에 휩싸여서 비극적인 최후를 맞는 것을 피할 수 있습니다. 잘 죽기 위해서는 잘 살아야 합니다.

결국 우리가 죽음에 대해 공부하는 것은 잘 살기 위해서입니다. 죽음을 직면하고 잘 맞이하려고 노력하면 어떻게 살아야 하는가에 대한 생각이 바로 섭니다. 이래서 죽음과 삶은 둘이 아니라고 하는 겁니다. 우리의 삶은 죽음을 생각할 때 완성이 되지 삶 하나로만은 충분하지 않습니다. 마찬가지로 죽음도 삶의 내용이나 질이 제대로 받쳐줄 때 완성되는 법입니다. 우리 모두는 죽음에 대해 생각하는 시간을 더 많이 가져야 할 것입니다.

우리가 해야 할 실질적인 일

이번에는 임종을 앞두고 우리가 내면적으로 해야 할 일들에 대해 알아보겠습니다. 우선 유산 상속 같은 가족사 등과 관계된 세속적인 일에 대해서 관심을 끊어야 합니다. 지금 중요한 것은 자신을 정리하는 것이지 세속적인 일을 수습하는 것이 아니기 때문입니다.

이때 가장 중요한 것은 자신의 생을 돌아보는 것입니다. 바둑으로 치면 복기하는 것이라고 할 수 있겠습니다. 바둑을 다 둔 뒤에 복기하는 이유는 자신이 어디에서 잘 하고 잘못했는지를 확신하게 알기 위함입니다. 그리고 다음에는 그런 잘못을 다시 하지 않기 위해서입니다.

이렇게 자신의 삶을 회상하다가 잘못한 것이 생각나면 스스로를 용서하십시오. 그런데 여기서 중요한 것은 마음에 맺혀 있는 것을 푸는 일입니다. 우리는 오랜 생을 살아오는 동안에 다른 사람에 의해 피해를 입을 때도 있고 반대로 다른 사람을 괴롭힐 때도 있습니다.

만일 당신이 이전에 어떤 사람을 심히 괴롭혔거나 해를 끼친 일이 있었다면 그에게 용서를 구하는 것이 좋습니다. 남을 해치게 되면 해친 만큼 자신의 마음에도 그 흔적이 남습니다. 본인의 의식은 몰라도 무의식은 압니다. 만일 그의 마음을 풀어주지 않으면 그가 갖고 있는 부정적인 에너지가 훗날 어떤 식으로든 나에게 돌아오게 됩니다. 그에게 진심으로 용서를 구하면서 자신의 마음에 맺힌 게 있다면 그것도 반드시 풀어야 합니다.

만일 그 사람이 이미 죽었거나 도저히 만날 수 없는 상황이라면 어떻게 하면 좋을까요? 그때에는 자신의 마음속에서 진심으로 용서를 구하십시오. 그 사람을 만나서 직접 용서를 구하는 것보다는 못하지만 이렇게라도 해야 자신의 업보가 가벼워지는 법입니다. 이때 중요한 것은 진심으로 해야 한다는 것입니다. 진심을 담아 용서를 구하면 내가 그동안 얼마나 생명의 법칙에 위배되게 살았는지 알 수 있습니다. 이 정도만 알고 가도 큰 소득이 아닐 수 없습니다.

이것과 함께 자신이 받은 피해에 대해서도 깊이 생각해보아야 합니다. 우리는 남에게 피해를 준 것보다 자신이 받은 피해에 대해 많이 생각하는 법입니다. 그리고 그 때문에 큰 한이나 복수심을 갖게 됩니다. 그래서 마음이 '꽁'하고 맺혀 있습니다. 이런 마음가짐은 정리하고 훌훌 터는 게 좋습니다. 왜냐하면 이런 마음은 몸을 벗은 다음에도 그대로 가져가기 때문입니다.

자신이 당했던 것을 생각할 때는 그럴 수밖에 없었던 상황이었다는 것을 참작하시기 바랍니다. 세상의 일들은 일어나야 했기에 일어나는 것입니다. 일어날 이유가 전혀 없는데 일어나는 사건은 단 한 건도 없습니다. 그렇게 생각하고 그 사건을 담담하게 받아들이십시오. 왜 그때 그가 나에게 이렇게 안 좋은 짓을 했을까 하는 식으로 생각하지 마시기 바랍니다.

사실 상대방도 어쩔 수 없는 상황에서 그런 일을 했는지도 모릅니다. 당신은 당시에 그 일 때문에 마음이 너무 힘들었지만 임종이 몇 달 남지 않은 지금 보면 다 부질없는 일일 수 있습니다. 그러니 다 훌훌 털어주십시오. 대충 털지 말고 마음속 가장 깊은 곳까지 털어주십시오. 마음에서 기쁜 마음, 혹은 환희심이 나올 때까지 터십시오. 그러다 보면 눈물이 납니다. 참회의 눈물이 납니다. 자꾸 울고 싶어집니다. 그럴 때는 마음껏 우십시오. 우는 것보다 마음이 더 정화되는 방법은 없습니다. 흘린 눈물만큼 여러분들의 영혼은 깨끗해집니다.

마음을 하방(下方)하기

이런 식으로 마음의 짐을 다 덜어내십시오. 그래야 여러분들이 영혼이 되어 하늘을 날 때 편해집니다. 이것은 마치 비행기가 이륙할 때 짐이 없을수록 나는 것이 수월해지는 것과 같은 이치라 하겠습니다. 더 높이 날기 위해서는 짐을 덜어내야 합니다. 이렇게 짐을 덜어내서 하나도 없는 상태가 되면 가장 좋겠지요? 그런 것이 해탈이 아닐까요? 물론 이런 경지는 도달하기 쉽지 않지만 이 같은 원대한 목표를 갖고 이번 생을 잘 정리하시기 바랍니다.

이때 원한의 마음이나 복수심을 갖는 것은 특히나 금물입니다. 이런 감정은 사람의 마음을 뭉치게 만듭니다. 우리 몸도 피가 뭉쳐 있는 어혈(瘀血) 같은 것이 있으면 병이 생깁니다. 이게 심해지면 암이 될 수도 있습니다. 우리 마음도 원한 의식을 가지면 뭉치게 됩니다. 그러면 몸에서처럼 어혈이 생깁니다. 이 마음의 어혈은 몸의 어혈과 같은 작용을 합니다. 마음 전체에 아주 나쁜 기운을 가져옵니다. 그러면 여러분은 영혼이 된 뒤에 그런 좋지 않은 기운이 이끄는 곳으로 갈 수밖에 없습니다.

그러니까 풀고 또 푸십시오. 마음을 놓으십시오. 살아생전에는 이런 일을 하기 힘들었겠지만 지금은 이번 생의 기간이 얼마 남지 않았으니 털어내기가 훨씬 쉬울 것입니다. 지금은 영적으로 부쩍 성장할 수 있는 시기라 이런 일이 가능합니다. 그래서 짧은 기간이지만 영적으로 엄청난 성장을 할 수 있는 때가 바로 지금입니다.

마음을 꽁하니 안으로 닫지 말고 밖으로 열어놓으십시오. 그냥 나보다 더 큰 힘에 나를 맡기십시오. 마음을 하방(下方)하십시오. 그러면 만사가 다 편안해집니다. 그냥 놓으면 될 것을 우리는 내려놓지 못합니다. 이것은 마치 우리가 기차를 타고도 자신의 짐을 들고 있는 것과 같습니다.

기차에 탔으면 짐을 내려놓아야지 그것을 여전히 들고 있으면 얼마나 어리석은 일입니까? 기차에 타면 짐은 기차에 맡기고 본인은 자유롭게 다녀야겠지요? 짐을 내려놓으면 기차가 알아서 다 운반해주지 않습니까? 마음도 마찬가지입니다. 방념(放念)하시기 바랍니다. 내려만 놓으면 더 큰 자아(自我)가 알아서 다 해 줍니다. 그러니 내려놓고 관망해보십시오.

이런 가운데 마무리가 잘 안 된 인간관계가 있는지 생각해보 십시오. 이번 생에 생긴 것은 이번 생에서 정리를 하고 가는 것 이 좋습니다. 다음 생으로 넘겨도 안 되는 것은 아니지만 그렇지 않아도 쌓인 업보가 많은데 가능한 한 업보를 줄이는 게 좋습니 다. 우리가 어려서 학교 다닐 때 방학 숙제가 하기 싫다고 계속 해서 뒤로 미루었다가 개학날이 다 돼서 얼마나 힘들었습니까?

이 숙제 가운데 지금 이 상황에서 해야 할 일은 자신의 마음을 가능한 한 가볍게 만드는 것입니다. 이렇게 할 수 있는 좋은 방 법 중에 하나는 종교를 깊이 공부하는 것입니다. 세계 종교에는 인류가 그동안 닦아온 지혜가 송두리째 들어 있습니다. 그 종교 를 공부하되 지금 임종이 얼마 안 남아 있는 만큼 종교에서 가르 치고 있는 사후생에 집중해 공부하는 것도 좋겠습니다. 이것은 죽음을 피하는 것이 아니라 적극적으로 대처해 이 기회에 큰 성 장을 하자는 것입니다.

이렇게 준비하다보면 가슴속에서 우러나오는 소리를 들을 수 있습니다. 이것은 아주 자연스러운 현상입니다. 자신의 깊은 내 면 속으로 들어가면 반드시 만나는 소리가 있습니다. '이웃에 봉 사하라'는 것이 그것입니다. 이것은 누가 하라고 해서 하는 것이 아니라 보다 더 깊은 곳으로 가면 자연스럽게 나오는 생각입니다.

그런데 이 소리에 따라 봉사하지만 그 일을 가지고 보상받으려는 마음은 전혀 들지 않습니다. 이웃에 봉사하는 것은 흡사 배고프면 밥이 들어가는 것처럼 아주 자연스러운 일입니다. 아니 그렇게 하지 않으면 본인이 못 견딥니다. 이웃 봉사자들은 다른 사람을 위하는 삶을 살아야 본인의 삶이 완성되는 것을 느낍니다. 그래서 봉사는 여가로 하는 것이 아니라 삶의 가장 중요한 부분입니다.

주위를 한 번 둘러보십시오. 자신이 집에 있든 병원에 있든 봉사할 일이 반드시 있습니다. 가족들이 있고 의료진들이 있어 본인이 할 일이 없을 것 같지만 분명히 당신이 할 수 있는 일이 있습니다. 당신처럼 인간의 삶과 죽음 문제에 눈뜬 이만이 할 수 있는 일이 있습니다.

만일 당신이 병원이나 요양원에 있다면 주위의 환자들에게 빛을 줄 수 있습니다. 그 환자들은 대부분 생의 활기를 잃고 죽음이 다가오는 것을 막연하게 두려워하고 있을 겁니다. 이럴 때 당신이 그들과 체험이나 지혜를 공유한다면 그들에게 크나큰 힘이 될 것입니다. 당신 같은 사람은 아무 일 하지 않더라도 그곳에 있는 것 자체가 그들에게는 큰 위로와 의지가 됩니다.

그렇게 그들을 도우면 그것으로 끝나는 것이 아닙니다. 당신은 그 몇 배로 보답을 받습니다. 이것이 사랑과 봉사의 비밀입니다. 아니 비밀이라고 할 것도 없습니다. 너무나 자명한 사실이기 때문입니다. 이 세계는 내가 준 만큼 돌려받는 게 아니라 그보다 훨씬 많이 돌아오게 되어 있습니다. 왜 그럴까요? 상승작용이 일어나기 때문입니다. 하나가 둘이 되고 둘은 넷이 되고 넷은 열여섯(16)이 됩니다. 사랑과 봉사의 효과는 이렇게 기하급수적으로 늘어납니다.

위대한 선물

❧

그러면 삶의 태도를 바꾼 당신에게는 어떤 변화가 생길까요? 이때 생기는 변화는 당신이 이번 생을 살면서 한 번도 겪어보지 않은 것일 수 있습니다. 가장 큰 변화는 세상이 말할 수 없이 생생하게 보인다는 것입니다. 모든 것이 살아 있는 것 같습니다. 하늘이 그렇게 파랗게 보일 수가 없습니다. 나뭇잎은 또 어찌나 푸른지, 세상에 태어나 이런 모습을 처음 보는 것 같습니다. 길가에 무심하게 피어 있는 잡초도 그렇게 싱그러울 수가 없습니다.

지금 내 옆에 있는 사람들은 말할 것도 없고 지나가는 사람들도 모두 너무나 사랑스럽습니다. 전부 좋은 사람처럼 느껴집니다. 집에 키우던 강아지나 고양이들도 그렇게 예쁠 수가 없습니

너무 늦기 전에 들어야 할 죽음학 강의

다. 이런 것들은 매일매일 일상적으로 보던 것들입니다. 그런데 그때 보던 것과는 영 다릅니다. 생생해서 모든 것에서 빛이 나는 것 같습니다. 그래서 기분은 낮은 수준의 황홀 상태이고 몸은 가볍기 그지없습니다.

이런 느낌은 이제 내가 이곳을 떠난다고 생각하기 때문에 드는 것입니다. 이곳의 풍경이나 사람들을 볼 날이 얼마 안 남았다고 생각하니 이 모든 것 하나하나가 귀하기 짝이 없습니다. 다시는 못 볼 것들이니 새삼스럽게 귀중히 느껴지는 것입니다.

이런 상태는 우리가 여행 갔다 돌아왔을 때와 비슷합니다. 오랜 여행 끝에 집에 돌아오면 마음이 차분히 정리되고 사물이 새롭게 보입니다. 생생하게 보이기 때문입니다. 주위가 그렇게 보이니 새로운 출발을 할 수 있을 것 같습니다. 그래서 마음이 한결 여유로워집니다. 우리가 여행을 가는 이유는 이런 맛 때문일 겁니다.

또 이와 비슷한 체험을 찾는다면 연애 초기의 체험과 비견될 수 있습니다. 한 사람을 사랑하게 될 때 우리는 그 사람을 통해 세상으로 마음을 열게 됩니다. 그래서 모든 것이 생생하게 보입니다. '예전에 보름달이 저렇게 밝은지 몰랐다' 같은 연애 감정을 노래한 가사가 나오는 것도 그런 까닭입니다. 사랑의 체험은 이처럼 사람으로 하여금 세상을 있는 그대로 보게 해줍니다.

그러나 앞에서 말한 임종 체험은 여행 체험보다 훨씬 강렬하고 오래 지속됩니다. 그래서 사람이 달라집니다. 주위의 사람들은 당신의 얼굴에서 빛이 난다고 할 겁니다. 그런 상태로 조금만 더 가면 성스러운 기운마저 풍기게 됩니다. 이럴 때 당신의 마음 깊은 곳에서 다른 이에게 봉사하고픈 마음이 샘솟습니다. 다른 사람을 도와주지 않고는 못 배길 것 같습니다. 그리고 내 입장이 아니라 다른 사람의 입장에서 이해하려고 합니다. 아니, 노력할 것도 없이 항상 자연스럽게 다른 사람의 입장에 서게 됩니다.

이것이 바로 사랑입니다. 다른 사람을 섬기고 그에게 무조건 다 주고 싶은 마음, 이것이 사랑입니다. 이런 사랑은 생전에 거의 느껴보지 못했습니다. 이전의 사랑은 모두 자기애(self-love) 아니면 조건부 사랑이었기 때문입니다. 세계 종교에서는 이미 우리에게 이런 무조건적인 사랑을 하라고 가르치고 있었습니다.

이런 상태가 되었다면 당신은 이제 다 이룬 것입니다. 이런 큰 사랑에 휩싸여 임종을 맞이하게 된다면 당신은 정말로 크게 성공한 것입니다. 이것이 가능한 것은 바로 죽음이라는 은산철벽(銀山鐵壁)이 있기 때문입니다. 죽음이라는 거대한 벽 혹은 넘을 수 없을 것 같은 한계에 직면했기 때문에 이런 절정의 체험이 가능했던 것입니다. 그러니 죽음은 우리에게 얼마나 고귀한 선물입니까?

여기까지 와야 '죽음은 마지막 성장의 기회'라는 게 무엇을 말하는지 확실하게 알게 될 것입니다. 그리고 인생에서 가장 중요한 것은 지혜와 사랑(봉사)이라는 것도 진정으로 알게 됩니다. 유대교에서는 우리가 죽을 때 가지고 갈 수 있는 것은 오로지 배움과 사랑밖에 없다고 했는데 이때가 되어야 그 말이 무슨 의미인지 깊이 알 수 있습니다. 생전에는 막연하게 알았는데 그 평범한 문장이 그렇게 심오한 뜻이 있는지 이제야 알게 됩니다.

자, 이제 몸을 벗는 시간이 다가옵니다. 이 순간이 다가오는 것은 누구든 직감으로 알 수 있습니다. 그리고 자신이 언제 몸을 벗을지도 정확하게 알 수 있습니다. 단, 앞에서 말한 것처럼 정신을 깨끗하게 보전했을 때에만 이런 일이 가능합니다. 우리의 정신은 오묘해서 깨끗하게 유지하면 놀라운 능력을 발휘합니다. 그럼 다음 단계로 넘어갑니다.

두 번 째
이 야 기

천의

바람이

되어

여행의 인도자를 만나다

당신에게 죽음이 임박하면 신체의 상태도 달라집니다. 평상시와 여러 면에서 다른 상태가 되는데 이렇게 되어도 놀랄 필요는 없습니다. 임종을 맞이해서 육체가 알아서 바뀌는 것이니 그대로 따라가면 됩니다.

예를 들어 섭취하는 음식이나 음료 양이 현저하게 떨어집니다. 또 잠도 많이 잡니다. 소변의 양도 줄어듭니다. 숨도 아주 얕게 쉬게 되고 불규칙하게 쉬게 되는 경우가 많아집니다. 가래도 많이 끓지만 이것은 의료진이 알아서 해결해줄 겁니다. 이런 것 말고도 또 변화가 있지만 크게 신경 쓸 필요 없습니다.

이런 상태로 있다가 눈앞에 의외의 영상이 보일 수 있습니다. 예를 들어 마차나 자동차 같은 탈 것이 보이는 경우가 있습니다.

왜 이런 일이 일어날까요? 이것은 아마도 이것을 타고 떠난다는 것을 의미할 것입니다. 다시 말해 죽음이 임박한 것입니다. 임종을 앞둔 환자에게 이런 것이 보이면 그 사람은 며칠 내로 몸을 벗는다는 것이 호스피스실에서 전하는 이야기입니다. 이런 것이 보이면 당신도 정신을 집중하면서 더 단단히 준비하는 게 좋습니다.

그런가 하면 먼저 돌아가신 부모님이 공중에서 보이는 경우도 있습니다. 정확히 말하면 그분들의 영혼이겠지요. 그분들과 대화를 할 수도 있습니다. 옆에서 보면 흡사 혼잣말을 하는 것처럼 보일 수 있습니다. 만일 부모님의 영상이 아주 생생하다면 이것은 그분들의 영혼이 마중 나온 것이라 할 수 있습니다. 이런 일이 있으면 이때부터 며칠 내로 임종을 하게 되니 마음을 다잡아야 할 것입니다.

먼저 가신 부모님들의 영혼이 보인다는 것은 이제 당신은 이물질계보다 저쪽 영계에 가까이 갔음을 뜻합니다. 이곳 물질계에 있는 사람들은 한 차원이 높은 영계가 보이지 않습니다. 반면 영계에서는 이 물질계가 다 보입니다. 그런데 이 물질계에 있는 사람에게 영계가 보이기 시작했다는 것은 그 사람이 물질계에서 벗어나 영계의 질서로 들어가기 시작했다는 것을 의미합니다. 더 정확히 말하면 그 경계에 있다고 해야겠지요.

부모님들은 당신이 곧 영의 세계로 올 것이라는 것을 알고 마중 나온 것입니다. 저쪽 영계에서 이 정도 아는 것은 그리 어려운 일이 아닙니다. 이때 부모님들의 영이 당신의 영혼을 인도하는 역할을 할 수도 있습니다. 그러나 대부분의 경우는 인도하는 영이 따로 있습니다.

그런데 이때 당신이 아는 영혼들 외에 전혀 모르는 영혼이 보일 수도 있습니다. 이 영혼들이 어떤 영혼인지는 개인마다 다르니 확실하게 이야기할 수는 없습니다. 그러나 만일 그 영혼이 환상으로 나타난 것이 아니라 실제로 나타났다면 그들은 당신을 영계로 안내하기 위해 온 영혼일 수 있습니다. 아니면 당신과 대단히 인연이 깊은 영혼이라 할 수 있습니다.

어떤 임종 환자는 저승사자가 자신을 잡으러 왔다고 실토하는 경우도 있습니다. 그러나 확실히 말하건대 저승사자 같은 것은 없습니다. 영계에서 온 영혼은 단지 떠나는 영혼을 안내하기 위해 온 것인데 그 환자는 그것을 곡해한 것입니다.

이것은 죽음에 대한 공포가 많은 사람이 자신의 두려움을 외계에 투사해 안내령들을 그렇게 무섭게 본 것입니다. 영계에서는 어느 누구도 강제로 누구를 데려갈 수 없습니다. 만일 강제 구인하는 것처럼 보인다면 그것은 당사자의 업력이 너무 강해 카르마의 힘에 끌려가는 것일 겁니다. 그러나 그것도 자신이 만들어낸 것이지 누가 강제로 하는 것은 아닙니다.

여기에서 안내령 혹은 수호령에 대해 잠깐 살펴보겠습니다. 선지자들에 따르면 사람에게는 한 사람 이상의 수호령이 있다고 합니다. 이 영은 평생 해당 사람 옆에 있으면서 그 사람을 보호합니다. 보호한다고 해서 보호하는 사람의 삶에 직접적으로 관여하는 것이 아니라 지켜보는 정도입니다.

다섯 살 이전의 아이들 중에는 상상 속에서 혼자만 아는 친구가 있는 경우가 있습니다. 이 친구가 바로 수호령일 수 있습니다. 이렇게 우리가 어릴 때에는 온 지 얼마 안 된 이 물질계에 아직 적응이 되지 않아 전생이 기억난다거나 영계의 존재들과 소통하는 것이 가능합니다. 그러다 나이가 더 들어 물질계에 적응이 되면 전생의 기억이나 영계와의 소통이 단절되거나 희미해집니다.

그렇게 일생을 살다가 임종을 맞이하면 자신이 아기였을 때 상상의 친구였던 그 수호령이 다시 나타날 수 있습니다. 이 영은 영계에 새로 진입하는 영혼을 맞이하고 기본적인 안내를 하기 위해 나타난 것입니다. 누가 이 수호령 역할을 맡는가 하는 문제는 사람마다 달라 일률적으로 말하기 힘듭니다. 생전의 친구일 수도 있고 아주 가까운 친척 중의 한 사람일 수도 있습니다.

그런데 이런 영혼들 대신에 간혹 환한 빛이 보이기도 합니다. 그 빛을 전기등이라고 생각해 불을 꺼달라고 하는 경우도 있습니다. 이런 사람들의 이야기를 들어보면 방의 천장 쪽으로 아주 환한 빛이 보인다고 합니다. 이런 환한 빛이 보이는 것도 임종이 아주 가까이 왔다는 증거입니다. 이 빛은 보통 영계로 향하는 통로가 되는 경우가 많습니다.

우리가 몸에서 막 벗어나면 아주 하얀빛이 저 위쪽에서 빛나고 있는 것을 목격하게 되는데 그때 우리는 바로 그 빛으로 강하게 끌려 올라가게 됩니다. 이것은 근사체험자들이 한결같이 전하는 바입니다. 근사체험자들에 따르면 그런 빛을 목격하고 자신도 모르게 그 빛을 향해 아주 빠른 속도로 움직이게 된다고 합니다.

자, 그럼 당신은 영계로 떠나는 여행이 시작되는 기점에 놓여 있습니다. 이제 당신은 지상에서 살 때와는 전혀 다른 세상으로 가게 됩니다. 너무 다르기 때문에 그 세계에 대해 아는 바가 없습니다. 아니 정확하게 말하면 그 세계가 어떻다는 것을 잊고 있다는 것이 되겠지요.

우리는 모두 그곳에서 왔기 때문에 그곳 사정을 모를 수 없습니다. 그러나 이곳 물질계에 오래 살다 보니 지쪽 세계를 까맣게 잊어버렸습니다. 하기야 보통의 우리는 일 년만 지나면 작년 여름이 얼마나 더웠는지도 생각이 잘 안 나지 않습니까? 우리의 기억력이라는 것이 이렇습니다.

아니 일 년 전으로 갈 것도 없습니다. 겨울 내내 앙상한 나무를 보면서 과연 저 나무에 다시 나뭇잎이 나서 녹음이 우거질 수 있을까 하는 생각을 해봅니다. 그러다 봄이 되면 나무가 다시 울창해집니다. 그 나무를 보면서 우리는 지난겨울 동안 아무 잎도 없었던 그 나무를 잊어버립니다. 그러곤 그 나무는 원래부터 푸르렀다고 생각합니다. 이게 우리의 기억력인데 그런 판국에 어떻게 오래전에 있었던 영계에 대한 기억이 나겠습니까?

게다가 우리는 이 물질계에서 있으면서 이곳만이 실재한다고 오랫동안 믿고 살았습니다. 그러니 저쪽 세계에 대해서는 아주 깜깜해집니다. 영계에 있다 온 기억을 완전히 잊어버린 것입니다. 그런데 이렇게 우리가 잘 모르는 곳으로 갈 때에는 문제가 생기는 경우가 많습니다. 그런 것을 사전에 방지하려면 그곳에 대해 공부할 필요가 있습니다.

왜 알아야 할까?

❖

제가 살면서 여러 가지 의아한 경우를 많이 보는데 그중의 하나가 사람들이 사후 세계에 대해 관심을 갖지 않는다는 점입니다. 이것은 참으로 이상한 일입니다. 상식적이지 않기 때문입니다. 왜 상식적이지 않다는 것일까요?

해외여행을 예로 들어 설명해보겠습니다. 우리는 해외여행을 갈 때 만반의 준비를 합니다. 해외는 우리가 전혀 모르는 지역이라 아무 정보 없이 가면 낭패를 보기 쉽기 때문입니다. 말도 통하지 않고 지리도 모르니 확실하게 준비하지 않으면 비싼 돈 내고 해외에 갔다가 아무것도 못하고 그냥 돌아올 수 있습니다.

이 때문에 보통 여행사를 이용합니다. 여행사를 이용하더라도 우리는 여행을 떠나기 전에 책이나 인터넷을 통해 여행지에 대한 정보를 꼼꼼하게 탐색합니다. 그리고 그곳에 가서 무엇을 조심해야 할지, 또 무엇을 꼭 보아야 할지를 정합니다. 그것뿐만이 아니지요. 환전은 얼마나 하고, 가서 무엇을 사야 할지 등에 대해서도 많은 정보를 얻습니다.

자, 그런데 어떻습니까? 대부분의 사람들은 외국과는 비교도 안 되게 생소한 사후 세계에 대해서는 별 관심이 없습니다. 보통의 우리들은 젊었을 때에도 그렇지만 나이가 들어 사후생이 가까워 올 때에도 그 세계에 대해서는 그다지 관심을 기울이지 않습니다.

그런데 생각해보십시오. 우리는 모두가 예외 없이 사후 세계라는 완전히 미지의 세계로 여행을 떠날 터인데 아무 준비도 없이 간다는 것이 말이 됩니까? 물론 사후생이 존재하지 않는다고 믿는 사람들에게는 이런 질문이 의미가 없겠지요? 그런데 그런 이들에게는 이런 질문을 던질 수 있습니다. "만일 죽어서 사후 세계가 있으면 어찌하시렵니까?" 죽으면 다 끝이라 생각하고 아무 준비도 하지 않고 영계로 왔는데 그때 어찌하겠냐는 것입니다.

이것은 일종의 확률 게임이기두 합니다. 확률로 보면 사후 세계는 있거나 없거나 둘 중에 하나입니다. 그런데 사후 세계가 있다고 믿고 준비하면 어떤 '경우의 수'로든 문제가 없습니다. 사후 세계가 존재하지 않는다면 어차피 없는 것이니 문제가 없을 것이고 반대로 사후 세계가 존재한다면 준비를 다 해놓았으니 문제가 없습니다. 그래서 사후 세계를 공부하는 것이 바람직하며 필요하다는 것입니다.

물질 지상주의에서 벗어나기

❧

우리가 사후 세계에 대해 관심이 없는 것은 너무나 이 물질계에 빠져 있기 때문입니다. 다시 말해 이 물질계만 존재한다고 생각하기 때문이라는 것이지요. 그러나 이 생각이 잘못되었다는 것은 지금의 인류들은 여러 경로를 통해 알게 되었습니다. 선지자들의 가르침이 있었는가 하면 과학적인 연구도 많이 되어 이제는 사후 세계가 존재한다는 사실이 많이 알려져 있습니다.

따라서 우리는 사후 세계에 대해 확실한 지식을 가지고 준비하고 가는 것이 바람직합니다. 게다가 지금은 어떤 세상입니까? 과학이 발전되기 이전에는 사후 세계에 대해 정확하지 않은 지식이 많이 유행했습니다. 특히 종교에서 제공하던 정보가 대부분이었는데 그것들은 정확한 정보와 그렇지 않은 것이 섞여 있어 전문가가 아니고는 분리하기 힘들었습니다.

 이게 무슨 말인지 예를 들어볼까요? 불교나 기독교 같은 이전 종교에서는 사후에 천당과 지옥이 있다고 가르쳤습니다. 이것이 틀린 주장은 아닙니다. 뒤에서 자세히 이야기하겠지만 영계에는 천당이나 지옥으로 생각할 수 있는 공간이 분명히 있습니다. 그러나 이전 종교에서는 우리의 영혼이 어떤 원리로 천당이나 지옥에 가는지에 대해서 아무런 정보도 제공해주지 않았습니다. 그저 착한 일을 하던지 우리 종교의 교주를 믿으면 천당 간다는 식이었습니다.

 그러나 지금은 다릅니다. 많은 선지자와 학자들이 사후 세계에 대해 연구를 해 매우 공정하고 객관적인 정보를 주고 있습니다. 이런 세상인데 사후 세계에 대해 탐구하는 것을 게을리 한다면 이건 직무유기가 아닐는지요?

 죽음학의 세계적인 권위자였던 고(故) 퀴블러 로스 박사는 그의 책에서 사후 세계를 믿지 않은 사람들을 이렇게 대하고 있습니다. 인간이 사후에 영혼, 그의 용어로는 영체의 형태로 영계로 간다는 그의 주장에 반대하는 사람들이 많았던 모양입니다. 이 사람들의 주장은 간단합니다. 사후 세계에 대한 이야기는 모두 인간이 민들이낸 환상이라는 것이지요. 이때 가장 많이 제기하는 주장이 산소결핍입니다. 산소가 제대로 공급이 안 돼 뇌가 헛

것을 본 것이라는 것이지요.

이런 사람들의 주장에 대해 로스 박사는 일일이 대꾸하지 않았습니다. 왜냐하면 그는 인간이 죽으면 소멸되지 않고 영혼의 형태로 사후 세계에 간다는 것은 '앎'의 문제이지 '믿음'의 문제가 아니라고 생각했기 때문입니다. 그리고 그런 이들에게는 "어쨌든 그들도 죽을 때에는 이 사실을 알게 될 것이다(Anyway, they will know it, when they die)"라고 말하는 것으로 끝을 냅니다.

이런 말을 하는 사람들도 있을 수 있습니다. 사후 세계를 부정하는 것은 아니지만 뭐 지금부터 알려고 할 필요가 있느냐고 말입니다. 대신 사후 세계는 죽을 때가 가까이 오면 그때 가서 준비하면 되지 않겠느냐고 말입니다. 이 이야기는 그럴듯하게 들리지만 그게 그렇게 말처럼 될까요? 아무것도 준비하지 않고 있다가 새로운 국면에 처하게 되면 그런 상황에서 우리가 시행착오 없이 잘 대처할 수 있을까요? 당연히 힘들겠지요.

그래서 우리는 새로운 일을 할 때에는 미리미리 만반의 준비를 하는 것 아닙니까? 주위를 둘러보면 현명한 사람들은 일을 닥쳐서 갑자기 하는 사람들이 아니라 미리미리 준비하는 사람들입니다. 이렇게 준비하면서 스스로를 잘 훈련시킨 사람들은 어떠한 상황이 와도 잘 대처할 수 있습니다. 그러니 이왕이면 우리도 미리미리 준비하면서 현명하게 사는 게 낫지 않겠습니까?

이해를 더 쉽게 하기 위해 앞에서 말한 여행을 예로 들어 설명을 더 해보겠습니다. 만일 말입니다. 해외여행을 갈 때 아무 준비도 하지 않고 떠났다고 합시다. 그래서 목적지 공항에 내려 그 때부터 준비를 시작한다고 합시다. 환전도 하지 않았고 묵을 숙소도 예약이 안 되어 있고 교통편에 대해서도 깜깜합니다. 그러면 우리는 어찌 되겠습니까? 당연히 어찌할 바를 모르겠지요. 이 얼마나 큰 시행착오입니까? 이렇게 갔다가는 그 여행을 완전히 망칠 수도 있습니다.

우리가 사후 세계에 대해 공부를 하자는 것도 같은 이치입니다. 그곳에 아무 정보 없이 갔다가 겪을 수 있는 시행착오를 줄여보자는 것입니다. 아니 시행착오 정도가 아니라 여행을 완전히 망칠 수도 있으니 조심하자는 것인데 이 이야기가 무엇을 말하는지는 나중에 자연스럽게 밝혀질 것입니다.

제가 지금까지 공부한 바를 가지고 잠정적인 결론을 내리면, 사후 세계에 대해 전혀 모르고 간 사람 중에는 그곳 생활을 허탕하게 보내는 경우가 많다는 것입니다. 이런 사람들은 이 물질계에 있을 때에도 비슷하게 별생각 없이 생활을 했습니다. 어떻게 생활했다는 것일까요?

이 사람들은 우리에게 영혼이 있다는 생각을 도외시하고 오로지 육신을 위해서만 산 사람들을 말합니다. 그저 돈이나 권력만

좇았고 이기적인 자기애에 빠져 살았습니다. 자기만을 위해 산 것입니다. 그러나 이런 사람들도 만일 사후 세계의 존재와 그 세계가 돌아가는 법칙에 대해서 알면 그렇게 살지 못했을 것입니다.

이것이 우리가 사후 세계를 알아야 하는 또 하나의 중요한 이유입니다. 사후 세계의 실상을 알면 이승에서의 삶이 바뀔 수 있습니다. 이곳 물질계의 타성에 젖으면 물질만이 최고라고 생각하기 쉽습니다. 그러나 사후 세계의 존재를 알고 그 세계가 어떻게 돌아가는지 이해하게 되면 그 생각이 틀렸다는 것을 곧 알게 됩니다. 우리에게 가장 중요한 것은 영혼(의 성숙)이지 이 몸이 아니라는 것을 알게 된다는 것입니다. 물론 우리의 영혼을 성숙시키기 위해서는 몸의 건강은 기본으로 요구됩니다.

이처럼 우리의 몸보다 영혼의 성숙이 훨씬 더 중요하다는 사실을 확실하게 알게 되면 그 사람은 완전히 바뀔 수 있습니다. 이런 사실을 안 사람은 이승에서 어떻게 살아야 하는지에 대해 정확한 지혜를 얻게 됩니다. 무한 경쟁이나 물질, 헛된 명예, 말초적인 쾌락, 또는 바닥이 없는 욕심만 추구하는 이승의 삶이 얼마나 잘못된 것인지 진정으로 알게 됩니다. 잘못됐다고 생각할 필요도 없습니다. 이런 것들이 얼마나 헛된 것인지 알기 때문에 자연히 그런 것에서 멀어지게 되니 말입니다.

이런 사실을 통해 우리는 삶과 죽음이 둘이 아니라는 것을 확실하게 알게 됩니다. 어느 하나만 생각해서는 안 된다는 것을 알게 된다는 것이지요. 이것이 바로 우리가 죽음학을 공부해야 하는 이유이기도 합니다. 죽음학은 죽음만 연구하는 것이 아니라 죽음 속에 들어 있는 삶과 삶 속에 들어 있는 죽음을 동시에 연구하는 학문입니다.

무엇이 먼저일까?

❖

이제 사후 세계를 왜 공부해야 하는지에 대해 알았으니 그다음 작업으로 사후 세계의 주역인 영혼에 대해서 알아볼 차례입니다. 이 영혼이라는 것은 대단히 복잡한 개념일 수 있습니다. 그 깊이를 모르기 때문입니다. 영혼은 신비하기 짝이 없습니다. 가장 신비로운 것은 말할 것도 없이 이 영혼이 처음에 어떻게 생겨났느냐에 관한 것입니다. 이런 문제는 실로 답하기 어려운 문제입니다.

그 외에도 영혼에 대해서는 많은 질문을 던질 수 있습니다. 그런데 대답할 수 있는 것은 그다지 많지 않습니다. 이 점은 최면의 대가였던 밀턴 에릭슨이 무의식에 대해 말한 것과 통하는 바가 있다고 하겠습니다. 에릭슨은 "우리는 무의식 앞에서 유치원

생과 같다. 왜냐하면 무의식에 대해서 아는 것이 너무 적기 때문이다"라고 했는데 영혼 앞에 서 있는 우리가 꼭 그와 같은 심정입니다.

영혼이 너무도 신비로운 존재라 그런지 그에 대한 연구가 많이 되어 있지 않았습니다. 사람들이 감히 이 영혼의 문제를 건드리지 못한 것입니다. 그러나 20세기에 들어와 서구를 중심으로 영혼에 대한 본격적인 연구가 시작되었습니다. 그래서 우리는 영혼에 대해 아주 기초적인 지식을 갖게 되었습니다. 이 지식이 대단한 것은 아니지만 영혼의 대강을 아는 데에는 많은 도움을 줄 것입니다. 이제 영혼에 대해 살펴볼까 합니다.

영혼에 대해서는 종교 전통에 따라 혹은 학자에 따라 조금씩 견해가 다릅니다. 여기서는 아주 간단하게 우리가 몸을 벗은 뒤 '남는' 몸이라고 하겠습니다. 그런데 이 새로운 몸은 그 작용이 현묘하기가 이를 데 없습니다.

사람들은 이 육체가 있은 다음에 영혼이 있는 것으로 생각하기 쉽습니다. 육체가 있어야 우리가 인간으로서 생각하고 느끼면서 생활할 수 있다고 말입니다. 그러나 그것은 그릇된 견해로 사실은 그 반대입니다.

무슨 말이냐고요? 육체는 영혼이 있은 다음에 있을 수 있다는 것입니다. 우리의 영혼은 육체 없이도 의식하고 생각할 수 있는 능력이 있습니다. 육체는 우리의 영혼이 이 물질계에서 생활하기 위해 만든 것입니다. 이 물질계에서 우리의 영혼은 뇌를 매개로 활동할 수 있습니다. 물질계이니만큼 생활하려면 육신이 있어야 하고 그 육신 가운데에서 특히 뇌가 필요한 것이지요.

유물론자들은 뇌가 없으면 우리가 아무 의식을 가질 수 없다고 주장하는데 그것은 물질에 빠진 생각입니다. 다시 말해 그들은 물질이 먼저이고 그 물질(뇌)에 어떤 의식 작용이 깃든다고 주장하고 있는데 이것은 완전히 잘못 생각하는 것입니다. 실상은 그 반대입니다. 우리에게는 영혼이 먼저 있었고 그 다음에 육신이 만들어졌습니다.

사실을 말하면 자신의 육체도 이 영혼이 디자인한 것입니다. 사람마다 육체가 다 다른 것은 사람의 영혼에 각기 다른 정보가 내장되어 있기 때문입니다. 우리의 영혼은 그 정보에 따라, 그리고 이번 생의 카르마에 맞게 자신의 육신을 디자인한 것입니다. 좀 더 정확하게 말하면 자기가 디자인한 것이 아니라 프로그램된 대로 이번 생의 육신이 나온다고 할 수 있습니다.

에너지체인가, 의식체인가?

그럼 이런 일을 하는 영혼을 우리는 어떻게 이해하면 좋을까요? 영혼은 다른 이름을 많이 갖고 있습니다. 예를 들어 영체, 에너지체, 의식체 등이 그것입니다. 근세 유럽의 대신비가였던 스베덴보리는 이 영혼을 영인(靈人)이라고 불렀습니다. 영혼이 육신과 똑같은 형태를 취한다고 해서 이렇게 부른 것입니다.

원불교 교전을 보면 이 영혼에 대해 또 다른 재미있는 용어를 쓰고 있어 소개해볼까 합니다. 원불교 교주인 소태산은 이 주제에 대해 많은 이야기를 남기고 있습니다.

영혼을 두고 소태산은 '소소(昭昭)한 영식(靈識)'이라는 단어를 사용하고 있습니다. 저는 영혼을 묘사할 때 앞에서 본 에너지체나 의식체보다 이 단어를 쓰는 게 더 낫다고 생각합니다. 왜냐하면 영이면서 의식 작용도 있다는 의미에서 '영식'으로 표현한 것은 아주 탁월한 조어(造語)로 생각되기 때문입니다.

영혼이 에너지로 구성되어 있다고 해서 단지 에너지체라고 하는 것보다, 혹은 영혼이 의식 작용을 갖고 있어 단지 의식체라고 부르는 것보다 영적인 의식체라는 의미에서 영식이라고 표현한 것은 참으로 훌륭한 선택으로 보입니다. 그 다음에 영식을 수식하고 있는 '소소한'이라는 단어는 글자 그대로 풀면 '밝고 밝다'는 뜻인데 이것 역시 우리의 영과 의식이 사실은 아주 밝은 의식체라는 것을 잘 나타내고 있습니다.

그렇지 않습니까? 우리 인간이 의식하는 작용을 갖고 있는 것은 밝은 일 아니겠습니까? 무생물이나 식물에게 이런 능력이 없는 것은 말할 것도 없고 동물들도 지각하는(know) 작용을 갖고 있지 않으니 우리 인간에 비해서는 어둡다고 할 수 있겠습니다. 오직 인간만이 내가 존재하는 것을 알고 있고 그런 능력으로 객관적인 세계가 있다는 것을 알고 있으니 이 얼마나 밝은 능력입니까?

그 다음에 계속되는 소태산의 설명은 더 재미있습니다. 우리의 영식은 흡사 화재보험증서와 같다는 것입니다. 우리가 재산을 화재보험에 가입해놓으면 불이 나도 모두 변상받을 수 있지 않습니까? 그와 마찬가지로 우리가 죽으면 육체는 없어지지만 우리의 영식이 없어지지 않고 계속 존재하면서 다른 육신을 받는 것이 흡사 화재보험증서 한 장이 다시 새 건물을 만들어내는 것과 같다는 것입니다.

소태산은 전통 불교의 입장에서 우리가 나고 죽는 것은 옷 한 벌 갈아입는 것과 조금도 다르지 않다고 주장합니다. 그런데 이 원리를 아는 사람은 전체적인 시각에서 삶과 죽음을 조망하면서 영생의 즐거움을 찾는 것에 비해, 그렇지 못한 사람은 삶이 괴롭고 초조할 것이라고 덧붙이고 있습니다. 그렇지 않겠습니까? 내 육신이 단지 옷에 불과하다고 생각하는 사람은 육적인 욕망에 '끄달리지' 않을 것입니다. 반면 이번 생밖에 없다고 생각하는 사람은 아등바등하면서 꺼져가는 삶에 집착할 것이 분명합니다.

영혼을 부르는 이름이 이렇게 다양하지만 그 내용은 같습니다. 영혼은 자기를 의식할 수 있는 능력을 갖고 있으며 무한대의 정보가 저장될 수 있는 '에너지체'라고 할 수 있습니다. 이 영혼에는 해당 영혼이 언제인지 알 수 없는 먼 과거로부터 해왔던 모든 것이 저장되어 있습니다. 우리 인간은 그 시초를 알 수 없는 과거로부터 수많은 환생을 거듭해왔습니다. 그 많은 환생 동안 우리가 거주하는 곳이 물질계가 되었건 영계가 되었건 우리가 했던 모든 행위와 생각은 이 영혼에 저장됩니다.

이러한 정보는 카르마의 법칙에 지배를 받는데 우리는 이 카르마의 법칙에 따라 거듭해서 환생합니다. 현재는 단지 거듭되었던 우리의 환생을 기억하지 못하고 있을 뿐입니다. 이러한 기억은 꿈에서 재현될 수도 있고 최면을 통해서도 알 수 있습니다. 이번 생에 그것을 기억하지 못하는 것은 자신을 보호하기 위한 방책일 수 있습니다. 우리가 그 많은 전생들을 다 기억한다면 이번 생을 어떻게 살 수 있겠습니까? 이번 생은 이번 생에 풀어야 할 카르마가 있습니다. 그것만 찾아내 풀면 되지 그 많은 전생을 다 기억할 필요는 없습니다.

이 영혼에 저장된 정보들은 때가 되면 발현해 그에 맞는 결과를 만들어냅니다. 만일 여러분이 이러한 이치를 알면 어느 누구도 다른 사람을 해하는 일을 하지 않을 것입니다. 그뿐만 아니라 아무도 모르게 사람을 해한다거나 자신의 마음속으로라도 다른 사람을 나쁘게 하려는 생각을 갖지 않을 것입니다. 왜냐하면 모든 행동과 생각은 영혼에 저장되기 때문입니다. 그래서 아무도 모르게 한 일이나 생각일지라도 미래에 언젠가는 반드시 발현됩니다.

죽음 공부는 젊을 때부터 해야 합니다

젊었을 때 아무 생각 없이 살다가 늙어서 죽음의 그림자가 다가온 다음에 시작하려고 하면 너무 늦습니다. 그렇게 죽음에 대해 아무런 준비 없이 살다가 느닷없이 노년을 맞이하면 인지상정상 죽음을 더 피하고 싶어지는 법입니다. 죽음이 실감날 정도로 가까이 왔기 때문에 그렇습니다. 죽음을 준비하는 일은 미리미리 시작해야 합니다.

씨앗 저장소

이런 이야기는 이미 불교에서 오래전부터 해오던 것입니다. 불교 교학에는 유식학(唯識學)이라는 것이 있습니다. 이 교파는 불교 심리학이라고 불릴 정도로 인간의 의식에 대해 많은 연구를 했습니다. 이 파가 주장하는 교리는 매우 심오하고 어려워서 그 전모를 알기가 힘듭니다. 따라서 여기서는 이 파가 우리의 의식에 대해 무엇이라고 하는지에 대해서만 보기로 하겠습니다.

이 파의 교학에 따르면 인간의 의식은 8개의 층(?)으로 되어 있는데 맨 밑바닥에는 '알라야'식(識)이라는 의식이 있습니다. 알라야식은 서양식 용어로 하면 가장 깊은 심층의식이라고 할 수 있는데 불교에서는 이 의식이 8번째로 있다고 해서 제8식이라고 부르기도 합니다. 여기서 중요한 것은 이 의식의 이름인

'알라야'가 뜻하고 있는 바입니다.

알라야는 저장한다는 의미를 갖고 있습니다. 그래서 이 의식을 한문으로 번역할 때에는 저장한다는 의미로 '장식(藏識)'이라고 합니다. 또 같은 맥락에서 영어로는 'store-consciousness'로 번역합니다. 여기서 'store'는 가게라는 의미가 아니라 저장한다는 의미입니다. 그런데 무엇을 저장한다는 것일까요?

이 점이 제일 중요합니다. 이 파에 따르면 우리가 하는 것은 모두 이 알라야식에 저장됩니다. 우리가 하는 모든 일이 여기에 씨앗의 형태로 저장됩니다. 행동뿐만 아니라 말, 심지어는 생각까지 모두 이 알라야식에 저장됩니다. 아무도 모르게 혼자만 생각한 것도 예외 없이 여기에 저장됩니다.

그런데 이번 생에 한 일만 저장되는 것이 아니라 우리가 개체의식을 가지기 시작한 다음부터 행한 모든 것이 여기에 저장됩니다. 개체의식을 가지기 시작한 때가 도대체 몇 생 이전의 일인지 모르지만 '내가 존재한다'는 의식을 갖기 시작한 순간을 말합니다. 인간이 언제부터 이러한 자기의식(self-consciousness)을 갖기 시작했는가는 극히 어려운 문제로 우리의 일상적인 분별력으로는 도저히 밝혀낼 수 없습니다. 지금 여기에서 말할 수 있는 것은 이 개체의식 혹은 자기의식이 생긴 것은 대단히 오래전이라는 것뿐입니다.

우리가 행한 모든 것은 씨앗의 형태로 저장되어 있기 때문에 솟아나올 기회만 기다리고 있습니다. 씨앗이라는 것은 조건만 맞으면 싹으로 터져 나오지 않습니까? 같은 맥락에서 보면 알라야식에 저장되어 있는 씨앗이 솟아나온다는 것은 어떤 일이 발생한다는 것인데 이것은 외부에서 벌어지는 사건과 인연이 맞을 때를 말합니다. 아무리 오래전에 행한 일이라도 알라야식에 씨앗의 형태로 잠재되어 있다가 인연이 오면 예외 없이 발현되는 것입니다.

우리가 이번 생에 겪은 사건들은 직전 생에 행한 것과 인연이 맞아 발생할 수도 있고 수십 생 전에 행한 사건과 인연이 맞아 발생할 수도 있습니다. 이 인연법의 복잡함은 상상을 뛰어넘는 터라 쉽게 말할 수 없습니다. 그래서 우리의 평상의식으로는 이해할 수 없는 일이 벌어집니다. 우리가 아무 이유 없이 엄청난 행운을 만난다거나 아니면 큰 사고를 겪는 일들이 모두 이에 해당됩니다.

이 정도 설명이면 이해하시리라 믿지만 더 쉬운 이해를 위해 예를 들어보지요. 내가 몇 생 전인지 모르지만 다른 사람을 해쳤다고 합시다. 그러면 그 행위나 생각은 그대로 내 알라야식에 저장됩니다. 그리고 한 생이 흘러갈 수도 있고 여러 생이 흘러갈 수도 있습니다. 그렇게 가다가 그 사람과 만나는 인연이 형성되는 경우가 생깁니다. 그러면 그때 내가 이전에 그에게 했던 나쁜 행동의 과보를 받게 되는 것입니다. 이 과보가 어떻게 될지는 경우에 따라 다르기 때문에 무엇이라 말하기는 힘들지만 과보를 받는 것은 확실합니다.

지금 여기서 불교의 유식학에 대해 다소 장황하게 설명한 것은 우리에게는 영혼이 있고 그 영혼은 무한대의 정보 보관소라는 것을 설명하기 위함이었습니다. 그리고 이런 생각이 갑자기 나온 것이 아니라 불교 같은 큰 종교에서 이미 2천 년 전쯤에 가르쳤다는 것을 보여주려고 한 것입니다. 그럼으로써 이런 이론이 허황된 것이 아니라 믿을 만한 것이라고 말하고 싶었습니다. 물론 불교에서 말하는 제8식과 영혼이 똑같은 것이 아닐 수 있겠습니다. 그러나 적어도 내용은 아주 비슷해 이렇게 설명을 해보았습니다.

그들이 지상에 나타나기 힘든 이유

사후 세계를 믿지 않는 사람들은 여러 가지 증거를 대면서 사후생을 부정합니다. 그 증거 가운데 가장 유력한 것은 '만일 인간이 영혼으로 사후에도 계속해서 존재한다면 왜 죽은 사람 중에 한 사람도 지상으로 돌아와 사후생의 존재에 대해 이야기하지 않는가'와 같은 것입니다. 이 주장은 일견 매우 그럴듯합니다.

맞습니다. 영계에 먼저 간 영혼들이 나타나서 속 시원하게 영계에 대해 이야기해주면 될 터인데 왜 한 영혼도 나타나지 않는가 하는 의문은 분명 타당합니다. 실제로 우리 주위에서는 영혼을 보았다는 사람들에 대한 풍문만 있을 뿐 확실하게 영혼을 체험했다는 사람은 잘 안 보입니다. 가끔씩 '유령'이 찍혔다는 사진이 소개되지만 그런 사진치고 선명한 것은 거의 없습니다. 또 대부분 조작한 사진들인 경우가 많습니다. 그래서 사후 세계에 대한 불신이 큽니다.

그런데 이러한 주장은 너무 지상의 입장만 생각한 것입니다. 영계에 있는 영혼들이 처한 상황을 생각하지 않은 것입니다. 영혼들도 자신들이 사랑하는 사람들에게 소식을 전하고 싶어 합니다. 특히 지상에 남겨놓은 배우자나 자식들에게 자신의 소식을 전하고 싶어 합니다. 그래서 여러 방법으로 소통합니다.

그런데 여러분들이 아셔야 할 것은 영계와 물질계는 차원이 다르기 때문에 소통하는 일이 그리 쉽지 않다는 것입니다. 아시는 바와 같이 이 물질계는 아주 느린 파동으로 이루어진 고체로 구성되어 있습니다. 그에 비해 영계는 파동이 매우 빠른 에너지로만 구성되어 있습니다. 영혼이 그렇다고 했지요.

따라서 영이 이 물질계에 나타나려면 자신의 에너지 진동수를 물질계 수준으로 낮추어야 합니다. 그래야 지상의 사람들이 그 영혼을 볼 수 있습니다. 그런데 이처럼 진동수를 낮추는 일은 결코 쉬운 일이 아닙니다. 아주 뛰어난 정신력을 소유한 영혼이 아니면 하기 힘듭니다. 그렇게 낮출 수 있다 하더라도 지상의 사람과 대화하려면 영매 같은 중개자가 있어야 합니다. 그런 영적인 중개자가 있어도 소통하는 것은 쉬운 일이 아닙니다.

이해를 쉽게 하기 위해 물속에 잠수하는 것을 가지고 비유를 들어보지요. 지상에 사는 우리는 바닷속으로 잠수할 때 더 깊이 내려갈수록 더 힘들어집니다. 또 맨몸으로 갈 수도 없어 잠수복을 입고 장비를 잔뜩 갖추고 들어가야 합니다. 더 깊은 곳으로 가면 어떻습니까? 수압이 계속 높아져 더 힘들어집니다. 움직이는 것도 더 힘들어집니다. 이것은 물속이 지상과 차원이 다르기 때문에 생기는 현상입니다.

영의 세계에서 지상으로 오는 것도 이와 비슷하다 하겠습니다. 앞에서 말한 논리를 적용해보면 더 높은 영계에 있는 영일수록 이 지상에 오는 것이 어렵습니다. 왜냐하면 더 높은 영계일수록 진동수가 빠를 터이니 그곳에 있는 영혼이 지상으로 내려오려면 자신의 진동수를 더 많이 늦춰야 하기 때문입니다. 이것은 우리가 더 깊은 바다로 들어갈수록 더 힘들어지는 것과 같은 이치라 하겠습니다. 대체로 이런 이유 때문에 영들은 이 지상에 나타나기가 매우 힘듭니다.

영혼들이 지상에 잘 나타나지 못하는 데에는 또 하나의 작은 이유가 있습니다. 영계에 간 영혼들은 지상에서의 삶을 잊고 그곳에 충실하게 되기 때문입니다. 지상에 사는 우리가 이 영계가 어떤 세계인지 완전히 잊고 있어서 그렇지 영계는 엄청나게 방대한 세계입니다. 여러분들이 생각하는 것보다, 아니 생각할 수 없을 정도로 방대합니다. 영계에 대한 이야기는 뒤에서 본격적으로 다룰 예정입니다.

그런 곳에 가서 생활하게 되면 우리 대부분은 지상에서 생활했던 기억이 별로 나지 않습니다. 그곳 나름대로의 세계가 엄연히 존재하기 때문입니다. 이 사정에 대해서는 잘 알 수 있는 방법이 있습니다. 여러분들은 지금 이 지상에 오기 전에 살고 있었던 영계에 대해 생각나는 게 하나라도 있나요? 아무 기억도 없지요? 오로지 이 물질계만 존재하는 것처럼 느껴지지요?

왜 이렇게 되었습니까? 우리는 이 지상의 생활에 완전히 적응했기 때문입니다. 그 결과 우리는 이 물질계 외에는 다른 어떤 세상도 있을 수 없다고 생각하게 된 것입니다. 우리가 어렸을 때에는 아주 조금 영계에 대한 기억이 있을 수 있지만 조금 크면 그마저도 다 없어집니다. 그리고 이 세계만 생생하게 느낍니다. 그렇게 이 세계에만 파묻혀서 그 이전 생에 대한 기억은 다 잊고 삽니다.

이 같은 일이 영계에서도 벌어집니다. 그리고 영계에서 사는 것은 편안하고 좋습니다. 이곳에서의 삶이 어떤가 하는 것은 뒤에서 자세히 다루게 됩니다. 지금 여기서 말할 수 있는 것은, 다 그런 것은 아니지만 웬만한 사람들은 영계에 사는 것이 지상에서 사는 것보다 훨씬 편안하다는 것입니다. 그러니 이런 영혼들이 그런 편안한 곳을 떠나 굳이 이 오기 힘든 지상에 내려오겠냐는 것입니다.

그래도 우리에게 소식을 전할 수 있다

이렇게 영혼이 지상에 나타나는 것이 힘들어도 영혼은 우리에게 소식을 전할 수 있습니다. 심지어는 자신의 모습을 드러낼 수도 있습니다. 우선 영혼들이 어떻게 소식을 전하는가에 대해 보겠습니다. 우리는 먼저 타계한 부모나 배우자의 영혼이 왜 소식을 전하지 않는가 하고 의아심을 가질 수 있습니다.

그러나 사실 이 영혼들은 물질계를 떠난 직후에 우리에게 소식을 전하는 경우가 적지 않게 있었습니다. 단지 그것을 우리가 알아차리지 못했을 뿐입니다. 영혼들이 우리에게 소식을 보내는 방법은 여러 가지가 있다고 합니다. 이것을 미국의 구겐하임이라는 사람은 《Hello From Heaven(천국의 소식)》이라는 책에서 12가지로 분류해서 실어놓았습니다.

그것들을 다 적기에는 가짓수가 너무 많으니 여기서는 대표적인 것만 보겠습니다. 먼저 영혼들은 자신들이 당신을 방문했다는 것을 보여주기 위해 직접 나타날 수 있습니다. 물론 육체로 나타난다는 것은 아니고 희미한 영상으로 나타날 수 있습니다. 이때 얼굴만 나타나는 경우가 있는가 하면 상반신, 혹은 몸 전체로 나타날 수도 있습니다. 그런데 조금 희미하기 때문에 반투명과 같은 상태가 되는데 그래도 그가 누구인지는 알아볼 수 있습니다.

이런 일은 그다지 드물게 일어나는 일이 아닙니다. 아마 여러분 주위에서도 비슷한 일이 있었을 겁니다. 이런 일은 고인이 세상을 떠나기 전에 많이 생깁니다. 가령 새벽이나 밤에 갑자기 내 방 안에 생전에 아주 친했던 삼촌의 모습이 영상으로 나타났다가 사라지는 경우 말입니다. 그래서 이상하게 생각했는데 나중에 보니 바로 그때가 그 삼촌이 운명한 시간입니다.

이것은 삼촌이 이별 인사를 하러 온 것일 수 있습니다. 이런 경우 고인은 얼굴이나 상반신, 혹은 몸 전체로 나타납니다. 그리고 밝은 모습으로 수 초 정도 머물다 자연스럽게 사라집니다. 그런데 이렇게 나타나는 경우 말고 꿈속에 출연하는 경우도 있습니다. 삼촌이 꿈에 아주 밝은 모습으로 나왔는데 나중에 보니 그때가 그가 타계한 시간이었고 그 꿈은 여느 꿈과는 달리 아주 선명해서 잊을 수가 없었다는 것이지요.

이렇게 시각적으로도 나타날 수 있지만 고인의 영혼은 촉각이나 후각으로도 자신의 현존을 알릴 수 있습니다. 즉 고인이 떠난 뒤 얼마 안 되어 어느 날 갑자기 고인의 손길이 스치는 듯한 느낌을 받습니다. 혹은 입맞춤을 받는 느낌이나 크게 안아주는 것 같은 느낌이 들기도 합니다. 어떤 식으로 나타나든 당사자는 이게 고인의 행동이라는 것을 곧 알게 됩니다.

그런가 하면 갑자기 고인의 냄새를 맡을 수도 있습니다. 예를 들어 고인이 잘 쓰던 향수나 그가 좋아했던 꽃의 향기가 날 수도 있다는 것이지요. 그런데 방 안에는 이런 냄새를 낼 만한 물건이 하나도 없습니다. 이런 경우도 당사자는 금세 알아차릴 수 있다고 합니다. 후각뿐만 아니라 영혼의 목소리를 듣는 청각적인 것도 있을 수 있습니다. 그런데 이 경우에는 직접 듣는 것보다 머릿속에서 들려오는 형태로 듣는 경우가 많다고 합니다. 불현듯 자신의 뇌리에 고인이 들어온 듯한 느낌을 받는 것이지요.

반면에 이렇게 직접적인 표식 없이 고인의 현존을 직감적으로 느끼는 경우도 많다고 합니다. 이럴 때에는 고인이 내 옆에 있다는 강렬한 느낌을 받기 때문에 직감적으로 알게 됩니다. 이것이 가능한 것은 사람은 누구나 다 지문이 다르듯이 자기 나름대로의 고유한 에너지 패턴을 갖고 있기 때문이라고 합니다. 그것을 순간적으로 느끼는 것이지요.

어떻든 이런 모든 것은 고인이 영계로 들어가기 전에 인사를 하는 것일 수 있습니다. 그런데 더 놀라운 일이 있습니다. 영혼이 아예 대놓고 나타나는 경우입니다. 자주 발생하는 경우는 아닙니다만 분명 있는 모양입니다. 이제 그 놀라운 경우를 보겠습니다.

이런 일이 더 놀라운 것은 영혼이 밤중도 아니고 대낮에 나타나 육체를 가진 사람과 대화를 한다는 점입니다. 거의 육체를 가진 것처럼 행동을 해서 매우 놀랍습니다. 제가 이런 예를 생생하게 접한 것은 퀴블러 로스 박사의 책 《사후생(On Life After Death)》에서였습니다. 로스 박사는 다음과 같은 이야기를 전하고 있는데 앞뒤 자르고 중요한 부분만 간단하게 이야기해보겠습니다.

로스 박사는 자신이 일하던 병원에서 새로 온 원목(병원 목사)과 의견이 맞지 않아 병원을 떠날 생각을 합니다. 의견이 너무 맞지 않아 이 목사에게 그만둔다고 말하고 그날 환자들에게도 통보하려 했습니다. 그런 생각을 하면서 승강기 앞에 서 있었는데 그때 슈왈츠 부인이 로스 박사 앞에 나타납니다.

로스 박사는 깜짝 놀랐습니다. 슈왈츠 부인은 자신의 환자였는데 열 달 전에 죽은 사람이었기 때문입니다. 그런데 온전한 육체 상태는 아니고 반투명의 모습이었습니다. 투명하지만 그 정도가 약해 슈왈츠 부인의 뒤에 있는 것들이 또렷이 보이지 않은 것으로 보아 반투명 상태였다고 합니다.

이때 슈왈츠 부인은 로스 박사에게 방에 가서 딱 2분만 이야기하자고 말합니다. 그래서 두 사람은 로스 박사의 사무실로 같이 걷기 시작했습니다. 걸으면서 로스 박사는 이 일을 어떻게 이해해야 할지 몰라 거의 패닉 상태에 빠집니다. 그러곤 믿을 수 없어서 슈왈츠 부인을 만져보기도 합니다.

이윽고 방에 도착했습니다. 슈왈츠 부인은 로스 박사에게 자신은 두 가지 이유로 다시 이 지상에 나타났다고 말합니다. 첫 번째는 로스 박사와 전 원목에게 감사드리고 싶다는 것이었습니다. 그리고 두 번째로는 로스 박사에게 절대로 병원을 떠나지 말고 현재 하고 있는 죽음과 임종에 관한 연구와 임종 환자를 돌보는 일을 계속 해달라는 것이었습니다.

이때 로스 박사는 과학자의 기질을 발휘해 슈왈츠 부인의 영이 나타난 것에 대해 증거를 남기기 위해 꾀를 냅니다. 그것은 슈왈츠 부인에게 전 원목에게 전하겠으니 글을 남겨달라는 것이었습니다. 그러자 슈왈츠 부인은 다 알고 있다는 듯이 빙그레 웃으면서 글을 남깁니다. 그 글은 로스 박사가 보관했다고 하는데 로스 박사도 떠나고 없는 지금 그 글의 행방은 알 수가 없습니다.

어떻든 로스 박사는 병원을 떠나지 않을 것을 약속합니다. 그러자 슈왈츠 부인은 그 말을 듣고 바로 사라졌다고 합니다. 여러분들은 도대체 이 사건을 어떻게 이해하면 좋을까요? 로스 박사가 어떤 사람입니까? 스위스 출신의 매우 깐깐한 정신과 의사였습니다. 그는 초기에는 사후생에 대해 전혀 믿지 않던 사람입니다. 의사들은 유물론적인 교육을 받기 때문에 대체로 사후생 같은 이론을 믿지 않습니다.

사실 로스 박사로 하여금 사후생에 대해 본격적으로 연구를 하게 한 사람도 슈왈츠 부인이었다고 합니다. 이 부인은 본인이 직접 근사체험을 하고 그것을 로스 박사에게 알렸습니다. 로스 박사는 그 이후로 본격적으로 자료를 모으면서 연구를 시작하게 됩니다. 그런 인연이 있었기에 이번에도 나타난 것입니다.

이 사건을 해석해보면, 로스 박사가 그날 자신이 시카고 병원을 떠나 죽음과 임종에 대한 연구를 그만둘 것처럼 말하니까 다급해서 슈왈츠 부인이 온 것이 아닐까요. 로스 박사로 하여금 그가 아직 병원을 떠날 때가 아니라는 것을 알려주려고 말입니다. 그리고 자신이 이렇게 영계에서 오는 것을 보여줌으로써 영혼과 영계에 대한 확신을 가지게 하려는 의도도 있었을 것 같습니다.

도대체 이 이야기를 어찌 이해하면 좋을까요? 물론 그냥 로스 박사가 헛것을 보았다고 하면 간단합니다. 그러나 저는 세계적인 죽음학자이자 명망 높은 정신과 의사인 그가 거짓말을 했으리라고는 생각하지 않습니다. 그는 이 슈왈츠 부인 이야기를 미국 전역에서 강연을 할 때 청중들에게 했습니다. 그것이 책에도 실린 것이지요. 사정이 이러하니 도대체 안 믿을 방법이 없습니다.

그런데 저는 이와 비슷한 이야기를 서울대 의과대학의 동료 교수로부터 들은 적이 있습니다. 그가 미국에 갔을 때의 일입니다. 밤늦게까지 연구를 하느라 깨어 있었는데 새벽 2시경에 문밖에 인기척이 있었답니다. 그래서 문을 열었더니 '만성 신부전증'으로 오랫동안 진료를 받았던 자신의 환자가 서 있더랍니다.

이상하지 않습니까? 아니 한국에 있어야 할 환자가 왜 새벽 2시에 미국에 나타났고 이 교수의 집이 어디인지 어떻게 알고 찾아온 것일까요? 그리고 그곳까지 대체 무엇을 타고 왔다는 말입니까? 좌우간 그렇게 찾아온 환자는 '이제 병이 다 나아서 안 아프다'고 했답니다. 그래서 이 교수가 환자에게 '들어와서 자고 가라'고 했더니 기다리는 사람이 있어 가봐야 한다고 했답니다. 물론 그 환자는 곧 갔지요.

제 동료 교수는 이상한 일이라고 생각했지만 미국에 있는 동안에는 그 일에 대해 덮어놓았습니다. 그러다 한 달 후 귀국해서 의무기록을 조회했더니 그 환자는 사망한 것으로 적혀 있었답니다. 그런데 놀라운 것은 그의 사망 시각이 바로 미국에서 그 환자를 만났던 시각이었다는 것입니다.

이 사건이 사실이라면 도대체 어떻게 설명할 수 있을까요? 상세한 설명은 나중에 하기로 하고 여기서 간단하게만 보면, 이 환자는 제 동료 교수에게 큰 감사의 마음을 갖고 있었나봅니다. 그래서 이승을 떠나기 전에 인사를 하고 싶었던 것이겠죠. 따라서 영혼의 상태가 되자 이 교수를 찾아 미국까지 왔던 것입니다.

뒤에서 다시 설명하겠지만 영혼의 상태에서는 공간의 제약을 받지 않기 때문에 순식간에 자기가 원하는 대로 어디든지 갈 수 있습니다. 그리고 누가 기다리고 있다고 했지요? 이 기다리고 있다는 영혼은 아무래도 이 환자를 영계로 데리고 가는 안내령이 아닐까 싶습니다. 이 영혼의 안내를 받아 영계로 가는 길에 이 교수의 집에 잠깐 들른 것입니다. 참으로 불가사의한 일이지만 이런 일이 우리 주위에서 엄연히 벌어지고 있습니다. 여러분들도 지인들에게 물어보면 비슷한 일을 겪은 이들을 적지 않게 만날 수 있을 겁니다.

어떻게 이런 일이 가능할까?

지금 우리는 영혼이 물질계에 나타날 수 있다는 이야기를 하고 있습니다. 그리고 그런 예들은 그냥 흘려보내기에는 너무도 확실한 신념을 갖고 있는 분들의 경험입니다. 특히 앞서 언급한 이 두 분은 모두 상당한 수준의 의학 교육을 받았기 때문에 허투루 말할 분들이 아닙니다. 따라서 이 주장들이 사실일 가능성이 높습니다. 그렇다면 우리에게는 설명할 일이 남았습니다. 어떻게 설명하면 좋을까요?

영혼의 오묘함은 다 알 수 없는 것이지만 지금까지 우리가 알고 있는 지식으로 설명해보기로 합니다. 우리는 육체뿐만 아니라 미세체와 원인체라는 영체로 구성되어 있습니다. 이 가운데 원인체가 영혼이며 미세체는 육체와 원인체의 중간 역할을 합니다. 그리고 우리가 육신을 벗으면 미세체 역시 잠시 존재하다가 없어집니다.

이렇게 보면 사후에 곧 나타나는 영혼은 미세체일 확률이 높습니다. 미세체는 육체를 낳은 영체이기 때문에 육신의 모습을 갖추기 쉽습니다. 미세체에는 이번 생의 육신을 만드는 정보가 프로그램되어 있어 육신의 형태를 띠기가 쉬운 것이지요. 그래서 몸을 벗은 직후에 나타나는 영들은 이 미세체인 것입니다.

그런데 앞에서 본 슈왈츠 부인처럼 죽은 뒤 10개월이나 되어서 나타난 영혼은 어떻게 설명할 수 있을까요? 미세체는 더 이상 존재하지 않는 상태가 되었으니 미세체로는 설명할 수 없습니다. 이것은 추측할 도리밖에 없는 주제입니다. 그래서 지금까지 배운 지식을 총동원해 살펴보면 다음과 같은 설명이 가능할 겁니다.

영혼의 형태로 이 지상에 나타나는 일은 매우 어렵다고 했습니다. 차원을 거꾸로 내려오는 일이기 때문입니다. 그런데 이런 일이 가능한 영혼들이 있는 모양입니다. 이들이 자신을 물질계에 현현할 수 있게 만드는 것은 그들이 갖고 있는 엄청나게 강한 정신력입니다. 다시 말해 집중력입니다. 강한 정신력으로 집중의 강도를 높이면 영혼도 이 물질계에 나타날 수 있습니다. 어떤 과정을 거쳐 물질계에 현현할 수 있는 것일까요?

이들은 영혼의 상태에서 사념으로 자신이 지상에 보일 모습에 대해 강하게 집중합니다. 그런 다음 영계에 있는 에너지를 끌어 모아 거기에 자신의 사념을 주입합니다. 그러면 이 에너지가 자신의 뜻대로 움직여 자신이 원하는 이미지가 형성됩니다. 그런데 이 이미지가 물질계에서 보이려면 꽤 강한 정신력으로 에너지들을 묶어두어야 합니다. 그러려면 강하고 아주 높은 정신력이 필요합니다.

이렇게 만든 이미지는 본래 에너지로 만들어졌기 때문에 투명하게 보일 수밖에 없습니다. 물질처럼 다른 물질 사이를 차단하는 일은 할 수 없습니다. 그러나 이 이미지를 가지고 만일 물질계와 직접적으로 접촉하고 싶다면 그 이미지의 내적인 응집의 강도를 아주 많이 높여야 합니다. 그래야 물질과 상호 소통할 수 있습니다. 이렇게 해야 물질계의 사람들과 접촉이 가능하게 되는 것입니다.

그러나 여전히 에너지라 투명하게 보이는데 그렇다고 뒤에 있는 사물까지 보이지는 않습니다. 만일 뒤에 있는 사물이 보일 정도로 영혼이 엷게 나타난다면 그 영혼은 물질계의 사람들과 소통하는 일이 불가능합니다. 그냥 나타났다가 사라지는 영혼들이 그런 경우라 하겠습니다. 그렇지 않고 사람들과 접촉을 하고 일정한 일까지 같이하려면 영혼의 에너지 응집 강도가 아주 높아야만 합니다.

이렇게 물질계의 사람들과 소통할 수 있는 영혼은 굉장히 고급 영혼들입니다. 왜냐하면 고급 영혼일수록 집중력이 높아 영계에 있는 에너지들을 비교적 자유자재로 쓸 수 있기 때문입니다. 보통 사람들은 정신이 산만해 영계에 있는 에너지들을 모으는 데 그리 능숙하지 못합니다. 왜 우리도 어릴 때부터 자주 '정신일도 하사불성(精神一到 何事不成)'과 같은 이야기를 듣지 않았습니까? '정신을 한 곳으로 모으면 무슨 일인들 이루지 못하겠는가'라는 뜻인데 이처럼 정신을 한 데로 모으면 불가능한 일도 가능하게 되는 것은 이승이나 영계나 마찬가지인 모양입니다.

로스 박사에게 나타난 슈왈츠 부인이 바로 이런 예입니다. 죽은 지 10개월이 지났는데 이승에 나타날 수 있었던 것은 그가 매우 높은 영혼이라는 것을 보여줍니다. 사랑이 가득 찬 영혼이었기에 로스 박사에게 충언을 전하기 위해 이 내려오기 힘든 물질계로 친히 온 것입니다.

그는 정신력이 아주 뛰어난 영혼이었기 때문에 지상에서의 마지막 모습으로 자신을 이미지화시켜 로스 박사 앞에 나타날 수 있었던 것입니다. 그저 이미지화한 것이 아니라 로스 박사가 만질 수 있게도 하였고 로스 박사가 건네준 펜을 받아 글을 쓸 수 있을 정도로 자신을 물질화시켰습니다. 이 정도까지 할 수 있는 영혼은 대단히 뛰어난 영혼임에 틀림없습니다. 엄청난 정신력을 가진 영혼임에 틀림없다는 것입니다.

그런데 슈왈츠 부인은 어떻게 사라졌습니까? 갑자기 사라졌지요? 이런 일이 어떻게 가능할까요? 이런 일은 물질계에서는 절대로 일어날 수 없습니다. 이것은 슈왈츠 부인의 모습이 그의 사념으로 응집된 에너지이기 때문입니다. 이 생각을 접으면 이 이미지는 바로 사라지게 되어 있습니다. 강한 생각으로 에너지를 응집시켰으니 생각을 접으면 에너지는 구심력을 잃고 흩어지고 마는 것입니다. 이런 것을 자유자재로 할 수 있으니 슈왈츠 부인의 정신력이 대단하다고 아니 할 수 없는 것입니다.

예수의 부활

지금까지의 설명을 따라오며 문득 생각이 나는 사람이 한 분 있지요? 맞습니다. 예수님입니다. 기독교 성서를 보면 예수님이 부활한 것으로 나오지 않습니까? 그의 부활을 둘러싸고 지난 2천 년 동안 말이 많았습니다. 믿지 않는 사람은 당연히 있을 수 없는 일이라면서 손사래를 쳤습니다. 반면 믿는 사람들은 하느님은 전지전능하다고 생각하기 때문에 무조건 예수의 부활이 사실이라고 믿었습니다.

많은 기독교인들은 예수의 부활한 몸이 육신이라고 믿는 경향이 있습니다. 그래서 아마겟돈의 전쟁과 마지막 심판이 다 끝나고 예수님이 새천년왕국을 열고자 재림할 때 자신들이 이 육신으로 부활할 것이라고 믿는 기독교인이 많습니다. 그런데 예수님의 부활을 사실이라고 할 때 이 부활을 육신의 부활로 생각하면 설명이 안 되는 게 많습니다.

기독교 성서에 적혀 있는 예수님의 부활 사건을 보면, 사실 이 기록들이 어디까지가 사실인지 정확하게는 알 수 없습니다. 이 복음서라는 것은 실제의 예수에 대한 이야기라기보다 복음을 쓴 사람들이 당시 신앙하던 것을 예수님의 말로 전승되던 것과 섞어 만든 것입니다. 그 때문에 어떤 부분이 예수님 말씀인지 아닌지 그 진위여부를 가르는 것이 쉽지 않습니다.

예를 들어 예수님이 부활한 뒤 돌무덤에서 시신이 사라졌다고 하는데 과연 이것을 어떻게 해석해야 할지 잘 모르겠습니다. 이에 비해 이것보다 더 사실에 가까운 것으로 보이는 것은 '엠마오'로 가는 제자들 앞에 부활한 예수께서 나타나신 것입니다. 이 사건을 적은 〈누가복음〉을 보면 예수님이 어떻게 나타났는지에 대해서는 자세히 말하고 있지 않지만 처음에 그 제자들은 예수님을 알아보지 못한 것으로 서술되어 있습니다. 추측컨대 제자들이 예수님을 즉각적으로 알아보지 못한 것은 예수님이 갑자기 나타나서 그런 게 아닐는지 모르겠습니다.

그렇게 같이 걷다가 한 제자의 집에 들어가게 되는데 그때 예수님은 그들이 자신을 알아보게끔 조치를 취합니다. 그제야 그들이 예수님을 알아보자 예수님은 한순간에 사라집니다. 그런가 하면 예수님은 직제자들 앞에 나타날 때에도 갑자기 나타납니다.

제자들은 그때 예수님이 가신 뒤 주위의 사람들이 두려워 문을 다 걸어 잠그고 있었는데 예수님께서 제자들 앞에 갑자기 나타나신 겁니다. 그 뒤에 도마(토마스)가 예수님의 몸에 난 상처를 만져보고 진짜 예수님인 줄 알았다는 것은 유명한 이야기입니다.

이 대목은 이렇게 간단하게 서술되어 있는 것이 아닌데 복잡한 것은 다 생략하고 우리의 이야기와 연관되는 것만 뽑았습니다. 여기서 우리가 주목해야 할 것은 예수님이 갑자기 나타났다는 것과 한순간에 사라졌다는 것입니다. 이런 상황으로 유추해보건대 이때 나타난 것은 예수님의 육신이 아니라 미세체 혹은 원인체라 보는 것이 타당할 것입니다. 만일 실제의 육신이라면 이렇게 한순간에 나타났다가 사라지는 것은 불가능하기 때문입니다.

게다가 제자들과 오랫동안 대화를 나누거나 음식도 같이 드셨다는 것은 예수님의 이미지가 그만큼 물질화된 정도가 강했다는 것을 보여줍니다. 그런데 예수님은 왜 다시 나타나셨을까요? 확실한 것은 잘 모르겠습니다만 이렇게 예수님께서 다시 나타나신 것은 자신이 십자가에서 죽은 다음에 제자들이 어쩔 줄 몰라 하니까 그들을 격려차 나타나신 것이 아닐까요? 그런데 음식을 같이 드셨다는 것은 어떻게 설명해야 할지 잘 모르는 대목입니다.

삶 속에 들어 있는 죽음
죽음 속에 들어 있는 삶

우리는 삶과 죽음이 둘이 아니라는 것을 확실하게 알게 됩니다. 어느 하나만 생각해서는 안 된다는 것을 알게 되지요. 이것이 바로 우리가 죽음을 공부해야 하는 이유입니다. 우리의 삶은 죽음을 생각할 때 완성됩니다. 삶은 죽음을 알게 될 때 깊어집니다.

그러나 어찌 됐든 이렇게 나타나신 예수님은 육신이 아니라 영체로 나타나셨다고 보는 게 사실에 부합할 것입니다. 지금까지 인류 역사에서 어느 누가 죽은 다음에 육신으로 부활한 예는 찾아볼 수 없습니다. 이런 사정 때문에 사도 바울은 당시 예수님 부활의 몸이 육신이 아니라 영체라고 주장합니다. 그러나 아쉽게도 그 뒤에 교인들은 이와 달리 예수님이 육신으로 부활하셨다고 믿게 됩니다. 여기서 어떤 견해가 맞는지에 대해서 논쟁할 생각은 없습니다. 단지 영체로 부활했다고 보는 게 더 타당하지 않을까 하는 생각입니다.

그런데 또 이와 비슷한 예가 있어 그것까지만 보고 다음으로 넘어가기로 하겠습니다. 이번 예는 인도에서 일어난 일로 인도의 유명한 구루였던 파라마한사 요가난다가 겪은 일입니다. 이 이야기는 국내에도 번역된 그의 자서전에 나옵니다. 그가 봄베이에 있는 한 호텔 방에 있었는데 얼마 전 타계한 스승이 큰 빛과 함께 나타난 것입니다.

그때 그는 그 스승과 함께 음식을 먹으면서 영계에 대해 많은 대화를 나눕니다. 그 대화 가운데 주목해야 할 것은 요가난다가 스승에게 지금 현현한 몸은 육체냐고 묻자 스승이 "나에게는 영체이지만 요가난다에게는 물질로 보일 것이다"라고 대답한 대목입니다. 그러면서 그 스승은 자신이 우주원자를 가지고 새로운 몸을 만들었다고 말합니다.

이 이야기에서도 우리는 높은 스승들은 영계에 있는 에너지를 가지고 생전의 육체와 똑같은 몸을 만들 수 있다는 것을 알 수 있습니다. 물론 이것은 이런 이야기를 진실로 받아들이는 사람들에게만 해당하는 것입니다. 지금 언급한 영계에 있는 이 에너지에 대해서는 뒤에서 자세히 볼 예정입니다.

지금까지의 설명이 조금 장황한 면이 있지만 우리의 영혼이 얼마나 오묘하고 불가사의한 존재인지를 알리려는 마음에 설명이 길어졌습니다. 이 정도면 영혼에 대해서 기본적인 지식은 갖춘 셈입니다. 영혼에 대한 더 깊은 이해는 계속해서 이 글을 읽어나가면 자연히 이루어질 수 있을 것입니다.

마지막 순간에 주의해야 할 점

자, 이제 우리는 영혼이 어떤 것인지 알았습니다. 육신에서 빠져나온 우리는 영의 세계로 들어갑니다. 그런데 이 마지막 순간에 주의해야 할 것이 있습니다. 이 점은 자신뿐만 아니라 주위의 가족들에게도 알려 잘못된 일이 일어나지 않도록 해주시기 바랍니다. 대단히 중요하니 꼭 여기에서 알려드리는 대로 해주십시오.

우리가 임종하는 마지막 순간에 혼수불성 상태라 의식이 없으면 할 수 없습니다마는, 마지막까지 의식이 있다면 우리는 더더욱 맑은 마음을 갖기 위해 노력해야 합니다. 이때 제일 피해야 할 것은 육신에 미련을 둔다거나 헤어지기 싫다고 가족들에게 집착하는 것입니다. 그러나 만일 앞에서 말한 대로 그동안 자신의 임종을 잘 준비했다면 그다지 걱정할 것 없습니다. 이때 중요한 것은 이런 집착을 놓는 것과 정신을 한 군데로 모으는 것입니다.

정신을 모으기 위해서는 기도를 하거나 염불을 할 수 있고 당신이 가장 중요하게 생각하는 분을 생각해도 좋습니다. 만일 몸이 쇠약해 기도나 염불을 하기 힘들면 자신이 상상했을 때 가장 기분 좋아지는 사람을 생각하십시오. 그게 부모님이 될 수도 있고 예수님이 될 수도 있고 부처님이 될 수도 있을 겁니다. 그분들이 지니고 있는 찬란한 영광을 생각하고 곧 그분이 계신 세계로 떠난다는 것을 기쁘게 생각하십시오. 칙칙한 물질계가 아니라 빛으로 가득 찬 영계를 생각하며 아주 기쁜 마음을 갖기 바랍니다.

이렇게만 하면 육신에 대한 집착은 쉽게 떨칠 수 있습니다. 이렇게 육신을 버리는 것에 대해 앞에서 말한 것처럼 불교에서는 헌 옷을 벗고 새 옷으로 갈아입는 것과 다르지 않다고 일찍이 말해왔습니다. 우리가 옷이 헐어서 새 옷으로 갈아입으면 헌 옷에 대해서는 별 집착을 갖지 않습니다. 대신 새 옷을 입은 데에 대한 기쁨이 훨씬 더 큽니다. 그러니 기쁜 쪽으로 생각해주시기 바랍니다.

어렸을 때의 기억을 한 번 떠올려보십시오. 신발이 너무 낡아 어머니가 새 신발을 사주었던 기억 말입니다. 그때 새 신발을 보면 기분이 얼마나 좋았습니까? 그래서 자면서도 새 신발을 머리맡에 놓고 내일만 기다리며 잠이 들기도 했습니다. 이렇게 내일부터 새 신발을 신는다는 생각을 하니 헌 신발에 대해서는 아무런 관심이 가지 않습니다. 관심이 없으니 집착도 생기지 않습니다.

육신을 벗을 때에도 이같이 생각해보십시오. 행여 이 헌 몸에 대해서 집착을 갖지 말아주십시오. 대신 이제 받게 될 새 몸을 생각하고 즐거워 해주십시오. 그러나 이 한 생 동안 나를 잘 지탱해주었던 육신에 대해 고마움을 갖는 것은 좋습니다. 이 육신 덕분에 당신은 이 한 생을 아주 잘 살았습니다. 그러니 이 몸에 고마움을 갖는 것은 당연하다 하겠습니다.

이제 정말 이번 생의 마지막입니다. 숨을 몰아쉬면서 서서히 몸을 벗기 시작합니다. 이때 당신은 앞에서 말한 것처럼 마중 나온 영들의 안내를 받든지 아니면 저 위에 있는 빛을 따라가기만 하면 됩니다.

그런데 이때 가족들이 주의해야 할 것이 있습니다. 많은 경우 가족들은 임종자가 마지막 순간에 다다랐을 때 강하게 울부짖습니다. 이것은 충분히 이해가 됩니다. 내가 그렇게도 사랑하는 분이 막 이승을 떠나려고 하니 당연히 그럴 수밖에요. 그런데 이 가족들이 울부짖으면서 '가지 마세요. 안 돼요'라고 마구 소리를 지른다든가 아예 몸을 잡고 흔드는 경우가 있습니다. 이것은 해서는 안 되는 행동이니 가족들에게 이런 행동을 자제해달라고 부탁하시기 바랍니다.

이렇게 가족들이 정신없이 소리치고 몸을 흔들면 당사자가 몸을 잘 빠져나가지 못할 수 있습니다. 또 이 소란에 정신이 없을 터이니 고요한 마음으로 떠나는 일이 힘들어질 수 있습니다. 앞에서 이생에서의 마지막 생각은 저승에서의 첫 번째 생각이라고 했습니다. 그런데 이렇게 이승에서의 마지막 마음가짐을 혼란스럽게 하면 저승에서의 시작이 좋지 않을 수 있다는 것은 뻔한 이치 아닙니까?

그런가 하면 자식들이 마구 소리칠 때 그들의 생각이 곧 사념이 되어 육신을 빠져나온 영혼을 잡을 수 있습니다. 그러면 임종자의 영혼이 몸을 빠져나가는 게 힘들어집니다. 영혼은 에너지체이기 때문에 우리의 생각에 의해서도 영향을 받을 수 있습니다. 우리의 생각도 에너지이기 때문입니다. 더군다나 많은 식구들이 같은 생각을 했을 터이니 이 에너지가 더 강해집니다. 따라서 몸을 벗는 영혼은 이 사념의 에너지 때문에 곤란을 느낄 수 있습니다.

심지어 기도도 영혼이 몸을 빠져나가는 것을 방해할 수 있습니다. 그래서 가족들은 가는 분을 붙잡는 기도를 해서는 안 됩니다. 대신에 영계에 잘 안착할 수 있게 해달라고 조용히 기도하는 게 좋겠습니다.

이 문제에 관해 앞에서 언급한 원불교의 교주 소태산은 이렇게 이야기합니다. 마지막 순간에는 절대로 혼란을 피우지 말고 슬퍼하고 싶으면 임종 후 몇 시간이 지난 다음에 울라고 말입니다. 이것은 임종자가 저승에 잘 안착이 된 다음에 감정을 표출하라는 것입니다. 대단히 사려 깊은 태도이지만 이렇게 하기란 쉬운 일은 아닐 것입니다. 그러나 노력은 해야 할 것입니다.

허물을 벗는 것처럼

앞서 설명한 임종은 침상에서 편안하게 맞이한 경우입니다. 그런데 우리는 반드시 침상에서 편안하게 마지막을 맞이하는 것은 아닙니다. 많은 우리들은, 또 우리의 이웃들은 사고로 불시에 죽음을 맞이하기도 합니다.

이런 경우 유족들이 슬퍼하는 것은 당연한 일입니다만 우리가 육신과 영혼의 관계에 대해 조금이라도 알고 있으면 그분들의 슬픔을 조금이라도 달래드릴 수 있지 않을까 싶습니다. 우리가 사랑하는 사람이 참담한 사고로 목숨을 잃었을 때 우리는 그 사람이 얼마나 놀랐을 것이고 괴롭게 최후를 마쳤을까 하는 생각에 더 슬퍼합니다.

예를 들어보겠습니다. 저는 답사를 자주 가는데 일전에 학생들과 같이 어떤 절을 방문해 아는 스님으로부터 안내를 받았습니다. 그런데 그 스님이 다음날 고속도로에서 자동차 사고로 유명을 달리했습니다. 그 소식을 듣고 놀라서 같이 갔던 학생들과 많은 이야기를 하고 스님의 극락왕생을 빌기도 했습니다. 그 사고는 스님이 탄 차를 뒤에서 큰 트레일러가 받아 일어난 사고였습니다.

이런 사고를 보면서 우리는 그 스님이 사고 순간 얼마나 놀랐을까 하는 생각에 더 안타까워합니다. 엄청난 힘으로 받혔을 텐데 스님이 얼마나 고통스러웠느냐고 말입니다. 그런데 근사체험자들의 이야기는 다릅니다. 이런 사고를 당해 사망선고를 받았다 살아난 사람들의 증언은 다르다는 것입니다.

그들의 증언에 따르면 다 그런 것은 아니겠지만 사고가 나기 바로 직전 영혼이 빠져나간다고 합니다. 그래서 정작 본인은 고통을 느끼지 못한다고 합니다. 이것을 앞에서 인용한 스님의 예에 적용해보면, 이 스님의 영혼이 육신을 빠져나간 것은 차에 부딪힌 다음이 아니라 부딪히기 직전이라는 것이지요. 그러니까 당사자는 고통을 느낄 수 없었을 것입니다. 물론 전부 이런 경우인 것은 아니지만 근사체험자들 가운데 이렇게 증언하는 사람들이 적지 않았습니다.

또 이런 경우도 있었습니다. 이것은 강물에 몸을 던져 자살을 시도했다가 죽음을 체험하고 다시 살아난 근사체험자의 이야기입니다. 그에 따르면 그가 죽음을 경험한 것은 뛰어내리고 난 다음에 물에 빠지기 직전이었다고 합니다. 다시 말해 몸이 강물에 닿기 전에 영혼이 이미 육신에서 빠져나갔다는 것입니다. 그래서 영혼의 상태에서 자신의 몸이 물에 빠지는 모습을 다 보았다고 합니다.

이처럼 우리의 영혼은 육신이 절체절명의 위기의 순간이 되면 알아서 먼저 빠져나가는 경우가 많다고 합니다. 이것은 추측컨대 우리의 영혼이 극심한 육체의 고통을 피하고 영계에 소프트 랜딩(충격 없이 부드럽게 안착)하려는 자기보호의 차원에서 벌이는 일인 것 같습니다. 영이 육신에 있는 상태에서 이런 일이 벌어지면 굉장한 고통을 겪게 되는데 영혼이 먼저 빠져나감으로써 그다지 고통을 겪지 않게 만든다는 것이지요. 따라서 사고를 당해 유명을 달리 하는 사람들은 사고 직전에 육체에서 빠져나오니 우리가 크게 걱정할 필요가 없을지도 모르겠습니다(그러나 이것은 사람마다 다를 수 있습니다).

이 대목에서 생각나는 예화가 있습니다. 이것도 로스 박사의 책인 《사후생》에 나오는 이야기입니다. 이 이야기는 하도 극적이라 다시 한 번 알려드리고 싶군요. 로스 박사가 순회강연을 하던 중 청중들에게 근사체험을 한 사람이 있으면 나와 자기 체험을 이야기해달라고 부탁했던 모양입니다. 그때 나온 어떤 남자의 증언은 대체로 이러했습니다.

온 가족이 승합차를 타고 자신을 태우러 오는 중 차에 불이 나 가족들이 다 죽었답니다. 가족을 그렇게 잃어버린 다음에 그가 느끼는 고통은 굳이 말로 표현할 필요가 없겠습니다. 낙담의 나락에 빠진 그는 매일 아침부터 밤까지 술을 마시든지 아니면 온갖 약을 먹으면서 죽을 궁리만 하였다고 합니다. 그는 자신이 그렇게 했던 이유는 가족과 다시 만나기 위한 것이라고 했습니다. 어떻든 그는 그렇게 2년을 보냈습니다.

그러던 어느 날 그는 술에 완전히 취해서 차도에 누워버렸습니다. 그저 죽고 싶은 마음이라 자기도 모르게 위험한 곳에 누워버린 것이었습니다. 그때 마침 대형 트럭이 오고 있었는데 그는 살고 싶지도 않았고 차도 밖으로 나갈 힘도 없어 그대로 치이고 말았답니다. 그 순간입니다. 그의 영혼은 바로 그의 몸을 빠져나가 만신창이가 된 자신의 몸을 바라봅니다.

이야기가 여기서 끝났으면 근사체험이 성립하지도 않고 극적이지도 않습니다. 그는 이때 엄청난 사건을 체험합니다. 그의 앞에 찬란한 빛을 띠며 그의 가족들이 나타난 것입니다. 물론 영의 형태로 나타난 것이지요. 그들은 행복한 미소를 지으면서 그에게 자신들이 이곳(영계)에 잘 있다는 것을 보여주었습니다.

이때 그는 가족들과 합류할 것이 아니라 육체로 돌아와 이 경험을 세상 사람들에게 알리겠다는 서약을 했다고 합니다. 그렇다고 곧 육체로 돌아오지는 않았습니다. 그는 계속해서 영혼의 상태에서 구급차가 자신의 몸을 싣고 병원으로 가는 것을 보았고 병원에서 자신의 육체로 되돌아갑니다.

그런데 더 놀라운 것은 그렇게 심하게 다쳤음에도 불구하고 자신을 싸고 있던 붕대들을 다 끊어버리고 병원 밖으로 걸어나왔다고 증언한 것입니다. 이처럼 근사체험자들이 크게 다쳤음에도 불구하고 상처에서 아주 회복이 빠른 것은 다른 체험자들에게서도 종종 언급되는 이야기인데 이 점도 신기하기 짝이 없습니다.

이 예에서도 보면 사고가 나는 순간 바로 영혼이 빠져나갑니다. 그래서 본인은 고통을 거의 느끼지 못합니다. 물론 영혼이 빠져나가지 않을 경우에는 큰 고통을 느낄 수도 있겠지요. 이런 맥락에서 우리나라가 2014년 4월에 겪은 대참사를 다시 짚어볼 수 있을 것 같습니다(이 사건은 하도 참담해 구체적인 사항은 언급하고 싶지도 않군요).

당시 배에 갇혀 무고한 어린 새싹들과 여타 승객들이 유명을 달리 했습니다. 그래서 모두가 큰 슬픔에 잠겼는데 부모님들의 심정은 어떻겠습니까? 죽음학 교과서를 보면 유족들이 고인을 잃은 슬픔을 극복하는 기간이 다 다르게 나와 있습니다. 누가 타계했느냐에 따라 달라지는 것이지요.

아주 간략하게 보면, 우선 부모와의 사별에서 오는 슬픔을 극복하는 기간은 약 1년으로 나옵니다. 배우자의 경우는 2~3년인데 자식 사별은 슬픔을 극복하는 데에 걸리는 시간이 평생인 것으로 나옵니다. 죽은 자식은 가슴에 묻는다는 말이 그 사정을 말해줍니다. 그런데 만일 이 자식을 사고로 잃으면 타격이 더 큽니다. 그냥 병으로 자식을 잃을 때보다 그 아픔이 훨씬 큽니다. 이것은 이별할 여유도 없고 준비할 시간도 없이 갑자기 통보를 받아 충격이 크기 때문입니다.

그러니 2014년 4월에 있었던 참사로 어린 학생들의 부모님들이 받았을 충격과 슬픔, 비탄이 얼마나 컸을까 하는 것은 짐작할 수 있겠습니다. 그런데 부모님들을 더 낙담하게 만드는 것은 자식들이 그 차가운 바닷속에서 얼마나 춥고 무섭겠느냐는 생각이었을 겁니다. 내가 대신 죽어도 될 만큼 사랑하는 자식인데 물속에서 나오지도 못하고 있으니 얼마나 힘들겠느냐는 것이지요.

이러한 생각은 충분히 이해할 수 있습니다. 부모와 자식은 한 몸이니까요. 그러나 위에서 이야기한 것을 가지고 이 사건을 생각해보면 조금 다른 이야기를 할 수 있을 겁니다. 배에 갇혀 충격적인 죽음을 맞이한 학생들은 객실 안으로 물이 마구 들어왔을 때 안타깝게도 최후를 맞이합니다. 그때를 생각하면 너무도 안타까워 발을 동동 구르게 됩니다.

그러나 그 물에 휩쓸렸을 때 학생들은 곧 몸을 벗습니다. 물론 마지막 순간에 빠져나가려고 필사의 애를 썼을 때 학생들은 공포에 질려 괴로움을 겪었을 겁니다. 그러나 곧 우리 학생들은 육체에서 해방되어 편안해졌을 겁니다. 영혼이 몸에서 빠져나가 그 고통에서 벗어났을 것입니다. 그리고 새로운 세상에 적응하기 위해 그곳에 있던 많은 영들의 도움을 받으면서 이승의 삶을 정리하기 시작했을 겁니다.

이렇게 말하는 이유는 이 학생들의 부모님들에게 자식들이 물속에서 추워하면서 고생하지 않았다는 것을 말씀드리고 싶어서입니다. 그리고 우리 학생들은 부모님들이 계신 곳보다 좋은 곳에 있으니 마음을 놓으시라는 것입니다. 게다가 이것이 영영 이별이 아닙니다. 나중에 부모님들도 몸을 벗게 되면 사랑하는 자식과 다시 만나게 됩니다. 물론 그때까지 헤어져 있다는 것이 괴로운 일이기는 합니다.

천의 바람이 되어

♦

이웃 나라 일본에서 유행한 유명한 노래를 소개해드릴까 합니다. 아마 많은 독자들이 이 노래를 아시리라 믿습니다만 지금 상황에 꼭 맞는 노래라 다시 한 번 상기하고 싶습니다. 제목은 〈천의 바람의 되어〉라는 곡으로 원곡은 미국의 인디언이 부르던 것이라고 합니다.

이 노래는 이렇게 시작합니다. '나의 무덤 앞에서 울지 마세요. 나는 그곳에 없어요.' 이처럼 더 이상 자신을 위해 울 필요 없다고 말합니다. 왜냐하면 자신은 천 개의 바람이 되어 하늘을 자유롭게 날고 있기 때문입니다. 그 다음에는, 가을에는 빛이 되고 겨울에는 눈이 되며 어두울 때는 별이 되어 당신을 지켜주겠다는 아름다운 가사가 이어집니다.

이 노래 가사는 우리가 죽은 뒤에 어떻게 된다는 것을 아는 사람이 지은 것 같습니다. 그렇지 않고서야 이렇게 정확하게 인간 사후의 상황을 짚어낼 수가 있겠습니까. 무덤에 자기 자신이 없다는 것부터가 그렇습니다. 앞에서 말한 대로 영혼이 떠난 몸은 벗어버린 허물에 불과합니다. 이 허물이 매미인 것은 아니지 않습니까? 이미 매미는 자유롭게 날고 있는데 그 허물 앞에서 우는 것은 그다지 바람직한 일이 아닌 것입니다.

그뿐만이 아닙니다. 자신은 하늘을 자유롭게 날면서 오히려 지상에 사는 사람들을 지켜주겠다고 말합니다. 이것도 맞는 말입니다. 지상은 많은 갈등과 사고가 도사리고 있어 삶이 항상 위태롭습니다. 그러나 영계의 세계는 자유롭기 그지없습니다. 그러니 걱정되는 것은 지상의 우리들이지 영계에 간 영혼들이 아닙니다. 영계로 가면 이런 사정을 잘 알기 때문에 그곳에 있는 영혼들이 외려 지상의 사람들을 걱정하는 겁니다.

우리도 이 노래 가사를 잘 음미하면서 많은 사고로 맞는 인간의 죽음을 다시 한 번 생각했으면 합니다. 불시에 지인의 죽음을 맞이했을 때 당황하지 않고 의연하게 대처하기 위해서는 인간의 죽음과 그 이후의 삶에 대해 미리 알아놓을 필요가 있습니다. 그 지식은 여러분들의 삶을 풍부하게 만들 것입니다.

자, 이제 당신은 육신을 다 벗었습니다. 당신 앞에는 영계가 펼쳐집니다. 몸을 벗는 것과 관련해 하고 싶은 이야기가 많아 말이 다소 길어졌습니다. 앞으로 서서히 우리 영혼과 영계의 알려진(?) 비밀이 우리 앞에 펼쳐질 것입니다. 이제 영계에 대해 이야기할 시간이 다가왔습니다.

세 번째
이 야 기

그 이후에
일어나는
일

흔히 하는 오해

◈

　이제 영계로 들어왔는데 여기에서 당신은 생전에 지상에서 들어왔던 영계(저승)의 모습과 많이 다른 점을 느낄지도 모르겠습니다. 우리는 영혼들이 사는 세계란 하늘 저 높은 곳에 있다고 생각하기 쉽습니다. 그래서 먼저 돌아가신 부모님을 위해 기도할 때에도 하늘을 바라보고 기도를 하는 것이겠지요. 혹은 좋은 일을 많이 한 사람은 저기 높은 하늘에서 살고 있고 나쁜 일을 많이 한 사람은 저 땅속 음산하고 기분 나쁜 곳에서 살고 있을 것이라고 생각하기도 합니다.

　이런 생각이 꼭 틀린 것은 아닙니다만 영계를 물질계의 연장으로 생각한 점에서는 문제가 있습니다. 영계는 절대로 물질계의 연장이 아닙니다. 영계는 차원이 아예 다른 곳입니다. 영계는

117

이 지상보다 한 차원이 더 높습니다. 우리가 사는 이 지상을 3차원이라 하면 영계는 4차원이 되는 것이겠지요.

높은 차원은 낮은 차원을 감싸고 있습니다. 그래서 높은 차원에 있으면 낮은 차원에서 이루어지는 일들을 다 알 수 있습니다. 그러나 그 반대는 아닙니다. 낮은 차원에서는 한 단계라도 높은 차원을 알 수 없습니다. 높은 차원은 아예 보이지 않습니다.

그래서 지상보다 한 차원 높은 곳에 있는 영혼들은 마음만 먹으면 이 지상에서 이루어지는 일들을 다 볼 수 있습니다. 반면 지상에 사는 우리는 영혼의 세계를 전혀 볼 수 없습니다. 육신을 가진 우리 가운데에서도 영혼을 볼 수 있는 사람들이 있기는 합니다. 무당이나 영매 혹은 큰 능력을 가진 신비가 같은 이들이 그들로 이전부터 이 방면으로 수많은 생을 거치면서 수련한 결과 이런 능력을 갖게 되었을 것입니다.

그러나 이런 사람들은 극히 적고 그들의 능력도 천차만별이라 한마디로 어떻다고 이야기할 수 없습니다. 확실히 말할 수 있는 것은 인간계와 영계를 사심 없이 자기가 뜻하는 대로 오가거나 소통할 수 있는 사람은 거의 없다는 사실입니다. 아니, 있더라도 우리가 그런 사람들을 만날 수 있는 확률은 거의 없다고 보는 게 맞겠습니다.

너무 늦기 전에 들어야 할 죽음학 강의

시간과 공간 개념이 다른 세계

❖

　영계는 앞에서 계속해서 말한 것처럼 에너지의 세계입니다. 그래서 돌아가는 상황이 물질계와 '아주 많이' 다릅니다. 가령 이곳에서는 '이동'이라는 게 없습니다. 이동이라는 것은 어떤 사물이 일정한 시간 동안 한 곳에서 다른 곳으로 움직이는 것을 말합니다. 이런 생각에는 공간의 점유와 시간 개념이 있고 물질이 움직인다는 전제가 있습니다.

　영계에는 이런 일이 일어나지 않습니다. 이유는 당연합니다. 영계는 물질이 없는 에너지의 세계이기 때문입니다. 모든 사물은 고유의 파동을 갖고 있습니다. 물질이 물질인 것은 다만 그 파동이 느려 '고체성'을 띠어서이고 기체가 기체인 것은 파동이 빠르기 때문입니다. 빛도 당연히 파동을 갖고 있습니다.

영혼은 에너지가 있고 빛이 나는 실체라 파동이 있습니다. 그런데 영혼은 각자 고유의 파동을 갖고 있습니다. 영혼의 파동이 모두 다른 것은 지금까지 겪은 경험들이 영혼마다 다르기 때문입니다. 사실 여기서 몇 마디 말로 영혼의 신비를 다 말한다는 것은 어불성설입니다. 그리고 지금도 영혼에 대해서 아는 것보다는 모르는 것이 훨씬 더 많다는 것을 잊어서는 안 됩니다.

이러한 에너지의 세계에서는 시간과 공간 개념이 존재할 수 없습니다. 이곳에서는 영혼이 어떤 곳을 생각하면 그 순간 그리로 가게 됩니다. 또 어떤 사람을 생각하면 그 순간 그 사람을 만날 수 있습니다. 물론 그 사람이 당신에게 동조했을 때에만 만날 수 있는 것이긴 하지만 말입니다. 이것은 영혼이 일정한 파동으로 이루어진 에너지체이기 때문에 일어나는 일입니다. 주파수만 맞으면 바로 반응하는 것입니다.

이것을 라디오 방송을 예로 들어 설명해볼까요? 라디오에서는 한 방송국의 소리를 듣다가 주파수를 조금만 옆으로 돌리면 전혀 다른 방송이 나옵니다. 영혼의 세계도 이와 마찬가지입니다. 자신의 진동수가 바뀌면 자기 앞에 금세 다른 환경이 생깁니다.

그뿐만이 아닙니다. 이 세계에서는 주위의 광경이 자신이 생각하는 대로 펼쳐져 흡사 자신이 아직도 지상에 있다는 착각을 하게 합니다. 예를 들어 지상에서 살던 집을 생각하면 그 집이 해당 영혼 앞에 나타난답니다. 이 때문에 자신이 죽지 않았다는 그릇된 생각을 가질 수도 있는데 이것은 뒤에서 자세하게 보겠습니다.

지력의 증가

지금부터는 영계에 처음 들어왔을 때 생기는 현상을 보도록 합니다. 우선 거론하고 싶은 현상은 이 짧은 시기에 영혼의 지력 혹은 지혜가 갑자기 확장된다는 것입니다. 이때 생기는 지혜는 사람마다 다르겠지만 가장 전형적으로 나타나는 지혜는 자신의 카르마에 대해 알게 되는 것입니다.

우리는 한평생을 살면서 왜 내가 현생의 부모 밑에 태어나 지금 남편이나 아내를 만나서 이렇게 살고 있는지 모릅니다. 또 다른 예로, 왜 나는 갑자기 사고를 당해 장애인이 됐는지, 지금 남편은 왜 평생 술만 먹으면 나를 괴롭혔는지 도무지 알 수 없습니다. 우리는 살면서 여러 사건을 겪게 되는데 왜 그런 사건이 일어났는지 알지 못한다는 것이지요.

그런데 바로 영계로 들어왔을 때 우리는 자신이 이해하지 못했던 이런 사건들이 왜 일어났는지 모두 이해하게 됩니다. 이게 무슨 말일까요? 자신의 카르마를 알게 된다는 뜻입니다. 우리의 생은 이 카르마에 의해 모두 디자인되어 있습니다. 그런데 지상에 살 때에는 이 사실을 잘 알지 못합니다. 물론 수도를 많이 한 사람은 육신을 갖고 있을 때에도 이것을 알 수 있습니다만 이런 사람은 아주 극소수입니다.

우리 대부분은 이 카르마의 법칙에 대해 전혀 알지 못합니다. 그래서 어떤 좋지 않은 사건이 터지면 왜 내게 이런 일이 생기느냐고 크게 의아해합니다. 예를 들어 사고로 자식을 잃으면 '나는 아무런 잘못을 하지 않았는데 왜 내게 이런 참혹한 일이 생겼는가' 하면서 불만을 토로합니다.

그런데 사실 이런 사건은 모두 카르마에 의해 결정되어 있습니다. 앞에서도 말했지만 이 세상에 일어나는 모든 일은 카르마의 법칙에 따릅니다. 그래서 일어날 수밖에 없는 것인데 지상에 있을 때에는 왜 이런 일이 있어났는지 알지 못합니다. 그런데 바로 우리의 영혼이 몸을 벗는 순간 사건의 원인에 대해 알게 됩니다.

이것은 근사체험자들이 하는 이야기와 일치합니다. 근사체험자들은 한결같이 빛의 존재와 만났을 때 자신의 카르마에 대해 확연하게 알게 되었다고 증언했습니다. 이 빛의 존재란 매우 신비로운 존재인데 근사체험자들은 이 존재에 대해 모든 것을 알고 있으면서 무조건적인 사랑을 지닌 존재로 묘사하고 있습니다.

근사체험자들은 이 빛의 존재와 대화를 하면서 높은 지혜를 깨닫게 됩니다. 그리고 지상에서는 한 번도 겪어보지 못한 큰 사랑을 체험하기 때문에 육신으로 돌아온 뒤 엄청난 변화를 겪습니다. 인격이 180도로 바뀌어 흡사 성자처럼 됩니다. 그런데 한 가지 환기시키고 싶은 것은 근사체험을 했다고 해서 누구나 이 빛의 존재를 만나는 것은 아니라는 것입니다. 통계에 따르면 근사체험을 한 사람 가운데 약 10퍼센트만이 이 빛의 존재와 만난다고 합니다.

근사체험을 통해서든 수행을 통해서 알았든 자신이 이 물질계에서 겪은 일들이 모두 카르마에 의한 것이라는 것을 확연하게 알게 되면 삶의 태도가 바뀔 것입니다. 이런 지혜를 갖게 된 사람들은 자신의 삶을 있는 그대로 받아들일 수 있습니다. 한결 여유로워지는 것이지요.

그런데 왜 이때 우리의 지혜가 갑자기 커지는 걸까요? 이것은 지상에서 육신에 갇혀 있던 영혼이 갑자기 자유로운 상태가 되어 해방되면서 자신 안에 잠재되어 있던 지혜가 드러난 것입니다. 이 때문에 《티베트 사자의 서》에서는 이때를 놓치지 말고 해

탈을 얻으라는 말까지 합니다. 그러나 대부분의 사람에게 이것은 있을 수 없는 일입니다. 왜냐하면 이 지혜가 곧 사그라져 이전 상태가 되기 때문입니다. 이전 상태란 우리가 도달한 영혼의 수준이라는 것입니다.

이 상태를 비유를 들어 설명해볼까요? 물이 가득 차 있는 고무호스를 잡고 있다가 갑자기 놓으면 어떻게 됩니까? 물줄기가 갑자기 세지지 않습니까? 막힌 것이 뚫리면서 물이 확 퍼져나갑니다. 육신을 갓 벗은 영혼의 지력도 이 물줄기와 닮아 보입니다. 처음에는 육신을 벗은 기쁨에 모든 것을 다 알 것 같습니다. 그러나 세찼던 물줄기가 곧 다시 본래의 약한 물줄기로 돌아가듯이 우리의 지력도 평상시로 돌아가게 됩니다.

다른 비유를 들어볼까요? 성냥을 켜면 처음 순간에 불이 확 커집니다. 이때 불꽃이 커지는 모습이 흡사 영혼의 지력이 갑자기 증가하는 것과 비슷하게 보입니다. 그러나 곧 불꽃이 정상대로 작아지지요? 그것도 우리 영혼의 지력이 갑자기 증가했다가 사그라지는 것과 비슷하게 보입니다.

이런 일과 함께 영혼을 치유하는 순서가 있을 수 있습니다. 선지자들에 따르면 영계에 갓 들어온 영혼들은 치료받는 순서가 있다고 합니다. 이때 빛 같은 것이 영혼들을 어루만져준다고 합니다. 일종의 응급 치료라고나 할까요? 사실 우리가 지상에서 수십 년을 살면서 얼마나 고생이 많았습니까? 우리의 영혼은 지칠 대로 지쳤고 많은 상처를 입었습니다. 더군다나 생의 마지막에는 온갖 병을 앓으면서 몸과 영혼이 만신창이가 되었습니다. 이런 영혼을 이끌고 본격적으로 영계로 들어가기 전에 치료하는 것은 필요한 일이라 하겠습니다.

그런 우리의 영혼은 일단 따뜻한 손길이 필요합니다. 보듬어 주어야 합니다. 그래서 마음에 잔뜩 끼어 있는 찌꺼기들을 없애야겠죠. 이것은 마치 우리가 세상에 갓 태어났을 때 따뜻한 물로 목욕하는 것과 비슷하다고 하겠습니다. 새로운 환경에 적응하기 위해서는 치유를 받고 좀 쉬면서 천천히 자신을 조율하는 일이 필요하지 않겠습니까.

직전 생 다시 살펴보기

영계에 들어와 처음 맞이하는 곳은 사실 당신이 이 영계에서 머물게 될 곳은 아닙니다. 거쳐 가는 곳이라 할 수 있습니다. 기성 종교인 가톨릭에서 말하는 연옥과 비슷한 곳이라고 할 수 있을지 모르겠군요.

여기에서 우리는 먼저 이곳에 온 친지들과 만나게 됩니다. 그런데 재미있는 것은 이곳에서 이들을 만났다가도 인연이 아니면 바로 헤어진다는 것입니다. 부모든 배우자든 서로 진동수가 맞지 않으면 계속해서 같이 있는 것이 불가능합니다. 심지어 지상에서 같이 부부로 살았던 사람이 다시 만나도 잠깐 인사만을 나눈 뒤 헤어지는 일이 적지 않다고 합니다.

이것은 선지자들의 이야기인데 쉽게 믿기지는 않습니다. 그러

127

세 번째 이야기: 그 이후에 일어나는 일

나 이해를 하려고 노력해보면, 이것은 한 생 정도를 같이 살았다고 해서 그게 큰일은 아니라는 겁니다. 헤아릴 수도 없이 많은 생을 살았던 우리에게 이번 한 생은 별것 아닐 수도 있다는 것이지요. 어떻든 지난 생에서는 어떤 특별한 인연 때문에 부부로 살게 되었지만 그 인연이 다하면 제 갈 길로 가는 것입니다.

원불교의 소태산 대종사가 실제로 이런 이야기를 합니다. 그에 따르면 우리가 부부의 연을 맺고 사는 것은 흡사 모르는 남녀가 여관에서 하룻밤 동숙을 하고 그 다음날 헤어지는 것과 같다고 합니다. 부부관계를 대단한 것으로 알았는데 이렇게 보면 별것 아닌 것처럼 보입니다. 그러나 우리가 수많은 생을 살면서 수많은 사람과 부부관계를 맺어왔다고 한다면 한 생의 부부 인연은 그렇게 보일 수도 있다는 생각을 해봅니다.

이렇듯 성자들이 삶을 보는 시각은 경계가 없어 놀랍기만 합니다. 한 생만 보는 것이 아니라 언제부터 시작됐을지 모르는 그 많은 생들을 다 보니 말입니다. 하기야 불교에서 말하는 여섯 가지 신통 가운데 사람들의 전생을 단번에 알 수 있는 숙명통(宿命通)을 얻게 되면 이런 일이 가능할 것입니다. 그러나 이러한 초능력을 부처님도 깨닫기 바로 전날 얻으셨으니 범인들은 상상도 할 수 없는 능력이겠습니다.

위의 이야기와 관련해 노파심으로 말씀드리는데 모든 부부관

지금 이곳을 여행하는 이유

우리 인간이 삶을 사는 이유는 자신을 초월해 우리의 본향인 우주의식 혹은 신과 하나 되기 위해서입니다. 그 이상의 궁극적인 목표는 없습니다. 모든 강이나 시내가 결국은 바다로 흘러가 하나가 되듯이 우리도 우주의식으로 돌아가 하나가 되는 것입니다. 자신을 되돌아보고 이곳에 온 목적을 생각해보시기 바랍니다.

계가 다 앞에서 말한 것과 같은 것은 아니라는 것입니다. 왜냐하면 영혼의 진급 정도가 비슷하고 진동수가 잘 맞는 부부들은 생을 거듭하면서 계속해서 부부가 될 수도 있기 때문입니다. 이 부부관계가 조합되는 것도 수많은 경우의 수가 있어 일률적으로 말할 수 없습니다.

그런데 여기서 하는 일 중에 중요한 것은 이렇게 이전 인연들을 만나는 것이 아닙니다. 그보다는 바로 직전의 생을 점검하는 일이야말로 해야 할 일입니다. 일종의 복습이지요. 그런데 그냥 복습하는 게 아니라 자신이 어떤 선한 일을 했고 어떤 나쁜 일을 했는지 등등에 대해 아주 꼼꼼하게 따지면서 복습을 합니다.

왜 이런 일을 할까요? 이것은 해당 영혼이 가야 될 곳을 가기 전에 자신의 "영적인 민낯"을 드러내는 작업이라 할 수 있습니다. 그렇지 않겠습니까? 이제 새로운 곳으로 갈 터인데 그러려면 자신의 본래 모습으로 가야지 지상의 때가 많이 묻은 상태로 갈 수는 없지 않겠습니까? 또 자신의 본래 모습이 되어야 자신의 진동수와 가장 맞는 곳으로 가는 일이 가능하지 않겠습니까? 지금 말하는 이 새로운 곳이란 영계에서 우리가 있을 곳을 말합니다.

이곳에서는 자신을 아무리 위장하려 해도 안 됩니다. 지상에 살 때에는 얼마든지 위선적인 삶을 살 수 있지만 이곳에서는 이런 가식이나 위선이 모두 까발려집니다. 아무리 감추려 해도 자신이 행한 악행이 다 드러납니다. 이런 이야기는 동서양을 막론하고 나옵니다. 그 대표적인 것은 불교에서 말하는 업경대(業鏡臺)입니다. 우리가 죽어서 염라대왕 앞에 가면 그의 옆에 바로 이 거울이 있습니다. 거기에 자신을 비추면 생전에 했던 모든 업이 나타납니다. 그러면 그 결과에 따라 인간은 심판을 받게 되는 것이지요.

그런데 왜 이런 일이 가능할까요? 그것은 해당 영혼의 무의식은 자신이 무슨 일을 했는지 다 알고 있기 때문입니다. 지상에서는 표층의식이 교묘하게 그 무의식을 억압해 드러나지 않게 했습니다만 여기서는 그게 안 통합니다. 이곳에서는 그 영혼의 특정한 진동수가 있는 그대로 드러납니다.

악행이나 위선만 드러나는 것이 아니라 순수한 마음이나 착한 마음도 본인이 일부러 드러내지 않으려 해도 그대로 드러납니다. 이러한 원리를 알면 지상에서 어떻게 살아야 하는지 알 수 있습니다. 여기에서 말하는 잘 산다는 것은 물질적으로 잘 사는 것을 의미하지 않습니다. 여기에서 말하는 좋은 삶이란 순수한 사랑으로 주위 사람들을 얼마나 보살폈는가와 지혜에 대한 공부를 얼마나 많이 했느냐와 관련된 것입니다. 이것을 다르게 표현하면 자신의 선한 카르마라고 할 수 있겠습니다.

우리의 생각이 만든다!

이 영역에서 가장 실수하기 쉬운 것은 자신이 죽었다는 사실을 모르는 것입니다. 이것은 다소 생소하게 들릴 수 있겠습니다. 자신이 죽었다는 것을 어떻게 모를 수 있느냐고 말입니다. 그런데 많은 선지자들은 자신이 죽었다는 사실을 모르는 영혼이 많다고 전합니다. 이런 일이 왜 일어날까요? 이 이유를 알려면 영계가 돌아가는 원리나 상황을 알아야 합니다. 앞에서 잠깐 보았지만 이제 상세하게 볼 차례입니다.

이곳에서는 자신의 사념대로 외계가 펼쳐집니다. 이곳에 갓 도착한 영혼은 아직 지상에서의 생활에 젖어 있어 자신이 살았던 지상의 경광을 생각할 수 있습니다. 그러면 놀랍게도 그것이 그 영혼 앞에 펼쳐집니다.

예를 들어 지상에서 평생 은행원으로 근무한 사람은 은행이 가장 친숙한 기억으로 남을 것입니다. 그래서 자기도 모르게 은행에서 일하던 자신을 떠올립니다. 그러면 주변 환경이 은행이 됩니다. 또 일하던 사람들도 그대로입니다. 어느새 자기 자리에 앉아서 일을 하고 있습니다.

사정이 이렇게 되니 자신은 여전히 육신을 갖고 살고 있다고 생각합니다. 그리고 그것이 익숙하니 마냥 그 상태로 있습니다. 그런데 이런 상태로 이곳에 오래 머무는 것은 결코 좋지 않습니다. 이곳은 지나치는 곳이지 오래 머무를 데가 아니기 때문입니다.

이 영계에 머물면서 해야 할 일들을 미루어놓고 과거의 환상에 빠져 있는 것은 그 사람에게 결코 좋은 일이 아닙니다. 여기서 해야 할 일을 어서 마치고 자신이 오랫동안 머무를 곳으로 가야 합니다.

인류는 우리가 영계에 갓 도착해서 이런 실수를 한다는 것을 이제 광범위하게 알기 시작했습니다. 이전에는 극소수의 선지자들만 알던 것이었는데 이제는 대중도 알게 되었습니다. 이것은 그만큼 인류의 지력 수준이 상승했다는 것을 말해줍니다. 이런 변화를 읽을 수 있는 것은 이 주제를 다루는 영화들이 많이 나오고 흥행에도 꽤 성공한 사실을 통해서 알 수 있습니다. 특히 미국에서 이 주제와 관련된 좋은 영화들이 많이 나왔습니다.

처음으로 크게 인기를 끈 작품이 〈식스 센스(The Sixth Sense)〉라는 영화입니다. 이 영화에서 주인공은 사실 죽은 영혼이었는데 관객들은 영화의 끝부분까지 그 사실을 눈치 채지 못합니다. 그럴 수밖에 없는 것이 주인공이 마치 지상에서 살아 있는 것처럼 행동했기 때문입니다. 감독도 죽은 영혼들이 그렇게 자신이 아직도 살아 있다고 착각하면서 돌아다니는 경우가 많다는 것을 보여주고 싶었을 겁니다. 그러다 영화가 거의 끝나갈 무렵 주인공이 살아 있는 인간이 아니라 죽은 영혼이라는 것이 밝혀집니다. 이 영화는 이 반전 때문에 많은 주목을 받았습니다.

같은 주제를 다룬 다른 작품으로는 〈디 아더즈(The Others)〉라는 영화를 들 수 있습니다. 이 작품의 주인공은 한 어머니와 두 명의 자식인데 이들 역시 모두 죽은 영혼들입니다. 그런데 그들은 자신이 죽었다는 사실을 모르고 자기 집에서 계속 살아갑니다. 이 영화에 등장하는 인물들은 재미있게도 거의가 영혼들이고 끝에 가서 육신을 가진 가족이 잠깐 등장합니다. 이 가족이 이 집의 주인인데 이들은 영혼의 출몰로 집에 이상한 현상이 많이 생기자 집을 떠납니다. 그리고 죽은 세 사람의 영혼은 여전히 그 집에 사는 것으로 영화는 끝이 납니다. 끝까지 자신들이 죽었다는 것을 인정하지 않는 것이지요.

이런 영화들만 봐도 이렇게 사는 것이 얼마나 바람직하지 않은지 알 수 있지 않을까요? 영혼들이 자신들의 세상인 영계로 가지 않고 이 지상에 집착해 미련하게 살고 있으니 말입니다. 그래서 이런 영혼들을 돕기 위해 세상에는 영능력자들이 있습니다. 이들은 이런 영혼*들을 볼 수 있는데 이들이 주로 하는 일은 이 영혼들을 달래 영계로 보내는 것입니다.

이런 영능력자 가운데 가장 많이 알려진 이는 미국의 매리 윈코우스키라는 사람입니다. 이 여성은 자신만 영혼을 볼 수 있는 것이 아니라 할머니, 어머니도 같은 능력을 갖고 있었습니다. 이 사람이 유명한 것은 이 사람을 주인공으로 해서 드라마까지 만들어졌기 때문입니다. 드라마의 제목은 〈고스트 위스퍼러(Ghost Whisperer, 영혼의 속삭임을 전해주는 사람)〉인데 우리나라에서도 방영될 정도로 인기가 있었습니다.

이 드라마는 여러분들에게도 꼭 권해드리고 싶은 드라마인데 그 형식은 항상 같게 나옵니다. 우선 불의의 사고를 당한 영혼들이 자신들이 죽었다는 사실을 모르고 그 사고 장소를 헤맵니다. 그들이 그렇게 헤매는 이유는 자신들의 억울한 사연을 지상에

---

* 이런 영혼들을 영어로는 '어스 바운드(earthbound)'라고 하고 우리말로는 지박령(地縛靈)이라는 생소한 단어로 불립니다.

너무 늦기 전에 들어야 할 죽음학 강의

있는 가족들에게 전해주고 싶은 마음이 크기 때문입니다. 그러면 주인공(윈코우스키)이 영혼의 이야기를 가족이나 친구에게 전해주어 영혼의 한을 풀어주고 영계로 인도하는 것으로 끝이 납니다.

이 드라마를 보는 사람들은 그 절절한 사연 때문에 많이들 운다고 합니다. 미국에서는 이처럼 영계와 관계된 수준 높은 영화나 드라마가 나오는데 우리나라에서는 언제 이런 작품들이 나올는지 궁금합니다. 우리나라에도 분명 이런 능력을 가진 분들이 있을 텐데 그런 분들을 주인공으로 하는 영화나 드라마가 하루빨리 나왔으면 하는 바람을 가져봅니다.

그럼 왜 영계에서는 내 생각이 그대로 바깥 세계를 만들어낼 수 있는 것일까요? 이것은 매우 중요한 사안인데 이것을 알려면 선지자들의 도움을 받는 수밖에 없습니다. 이분들은 육신의 세계와 영혼의 세계를 자유롭게 왕래할 수 있는 사람들이라 양쪽 세계의 특징을 잘 압니다.

보통 사람인 우리는 물질계에 있을 때에는 물질에 대해서만 알 뿐이고 영계에 있을 때는 영혼에 대해서만 알 뿐입니다. 그러나 선지자들은 이 두 세계를 마음대로 다닐 수 있어 지상에 사는 우리에게 영계에 대한 아주 고급 정보를 줄 수 있습니다. 물론 이런 선지자는 그야말로 극소수라 직접 만나는 것은 거의 불가능합니다.

　이런 선지자들에 따르면 영계에는 영적 물질(spiritual matter)이 있다고 하는데 이 물질은 아주 가볍고 일시적인 성질을 갖고 있습니다. 그러니까 일종의 에너지 같은 것이겠지요. 그런데 이 물질은 영혼들이 하는 생각에 복종합니다.

　무슨 말인가 하면 영혼이 아주 작은 생각을 해도 그 생각대로 이 물질이 외계에 이미지화된다는 것입니다. 그러나 이 이미지에 무슨 실체가 있는 것은 아닙니다. 왜냐하면 영혼이 생각을 철회하거나 다른 생각으로 바꾸면 그 이미지는 사라져버리기 때문입니다. 여러분들의 이해를 돕기 위해 다른 책에서 이미 인용한 예를 다시 한 번 들어보겠습니다.

　어떤 사업가가 죽어서 영계로 갔습니다. 그런데 그는 일생을 돈 버는 데에만 쏟았기 때문에 영계에 들어와서도 돈 버는 생각만 했습니다. 그의 영혼은 돈으로 훈습되어 있던 것입니다. 그런데 이 영계는 앞에서 말한 것처럼 자신이 생각대로 모든 일이 벌어지니 처음에는 돈이 기막히게 잘 벌렸습니다. 이것은 그가 돈 들어오는 것만 생각했기 때문이지요.

　그러다 그는 문득 이 많은 돈을 도둑이 훔쳐 가면 어떻게 하나 하는 생각을 했습니다. 그런 생각을 하자마자 도둑이 다가와 이 사람을 때리고 돈을 훔쳐 갔습니다. 또 조금 있다가는 상황이 더 악화됐습니다. 왜냐하면 그와 비슷한 진동수를 가진 사람들이 몰려와 그와 경쟁을 하게 됐기 때문입니다. 비슷한 사람이란 돈만 알고 돈 버는 데에만 관심 있는 사람을 말합니다.

이렇게 되면서 그는 아주 안 좋은 상황에 처하게 됩니다. 자신이 모아놓은 재물을 빼앗길지 모른다는 두려움을 가진 비슷한 성향의 영혼들과의 사이에서 벌어지는 피 말리는 경쟁 때문에 지상에 있을 때보다 더 힘듭니다. 그런데 주변 상황을 이렇게 만든 것은 다른 존재가 아닌 바로 자신입니다.

그러면 이런 좋지 않은 상태에서 벗어나려면 대체 어찌하면 될까요? 아주 간단합니다. 이것은 자신만이 할 수 있는 일입니다. 자신의 생각만 바꾸면 됩니다. 원리적으로는 이렇게 하는 일이 얼마나 간단한 일입니까? 그런데 이게 그리 쉽지 않습니다.

대부분의 우리는 자신이 만들어놓은 함정에서 잘 빠져나오지 못합니다. 다른 사람이 만든 함정은 명백하게 보이니 그래도 빠져나올 수 있는데 자신이 쳐놓은 함정은 자기에게도 잘 안 보입니다. 원래 제일 쉬운 일이 제일 어려운 법입니다.

불교의 극락정토

영계에서 우리가 생각하는 모든 것이 가시화된다는 이야기는 보통의 우리에게는 생소한 것임에 틀림없습니다. 그런데 불교 정토종에서 말하는 극락정토에 대한 묘사를 보면 앞에서 말한 영계의 모습과 거의 같은 설명이 나오는데 아주 재미있습니다. 정토종이라는 불교의 종파는 신도들로 하여금 정토, 즉 요즘 말로 하면 천당으로 인도하는 것을 목적으로 하는 종파입니다.

이 종파의 교리는 어찌 보면 아주 간단합니다. '극락정토를 만든 아미타불의 이름을 10회 외우면 몸을 벗었을 때 바로 극락으로 간다'는 것입니다.

그런데 이 종파의 경전인 《무량수경》이나 《아미타경》, 혹은 《관(觀)무량수경》에 묘사되어 있는 정토(영어로는 글자 그대로 깨끗한 땅, 즉 'pure land'로 번역됩니다)를 보면 앞에서 설명한 영계의 모습과 일치하는 것을 알 수 있습니다. 이 경전에서는 불교의 정토역시 영혼들의 사념 혹은 염원이 만들어낸 것이라고 확실하게 말하고 있습니다.

이 정토를 설명하기 위해서 어떤 용어를 쓰든 상관없습니다. 중요한 것은 이 정토가 우리의 의식과 생각이 만들어낸 것이라는 사실입니다. 이것만 숙지하면 용어 문제는 그다지 큰 문제가 아닙니다. 그런데 이 정토가 영혼들의 상념으로 만들어졌다고 해서 실재하지 않는다고 생각해서는 안 됩니다. 왜냐하면 의식의 주체가 염원해서 이 관념적인 세계를 만들어냈고 그것을 경험하는 것은 의심할 수 없는 사실이기 때문입니다. 단순한 상상이 아니라는 것이지요.

이런 원론적인 이야기보다 이 경전에서 묘사하고 있는 정토를 보면 이 세계가 얼마나 우리가 지금까지 본 영계와 가깝게 묘사되고 있는지 알 수 있습니다. 이 경전에서는 붓다가 그의 제자인 아난다에게 설법하는 형식으로 되어 있습니다. 설명의 묘를 살리기 위해 모두 현대어로 바꾸어 요약해보겠습니다.

우선 붓다는 정토가 얼마나 멋진 곳인지 상세하게 설명한 다음 이렇게 말합니다. 정토에서는 사람(영혼)들이 강이 있었으면 하고 원하면 강이 생긴답니다. 강이 생긴 다음에도 발만 적시고 싶다고 소원하면 물이 발까지만 찹니다. 그러다 물이 더 있었으면 하고 바라면 물이 허리나 배, 그리고 귀에까지 찹니다.

또 다른 생각이 들어 이 물이 차가우면 좋겠다고 생각하면 물이 곧 차가워지고 그러다 너무 차갑다고 생각해 따뜻한 물을 떠올리면 물이 다시 더워진답니다. 이 얼마나 놀라운 일입니까? 물의 온도마저 우리가 바라는 대로 바뀝니다. 이렇게 될 수 있는 이유는 앞에서 본 대로 영계에 있는 영적 물질을 우리의 의식이 조종하기 때문입니다. 이 물질은 에너지로만 되어 있어 우리가 생각하는 대로 무엇이든 만들어낼 수 있습니다.

다른 것도 이렇게 진행됩니다. 예를 들어 음악이나 설법을 듣고 싶은 사람이 있으면 그에게는 바로 음악이든 설법이든 원했던 것이 들립니다. 이것 역시 자신이 염원해서 영적 물질을 가지고 스스로가 만들어낸 것입니다. 그런데 경전에서는 이런 설명과 함께 아주 재미있는 점을 지적합니다. 즉 만일 같이 있는 영혼 중에 자신은 그런 것을 듣고 싶지 않다고 생각하는 영혼이 있으면 그에게는 이 소리가 들리지 않는다는 것입니다.

좋은 향기를 맡고 싶다고 할 때에도 똑같은 현상이 생깁니다. 향기를 맡고 싶다고 생각한 사람에게만 그 향기가 납니다. 다른 영혼이 아무리 가까이 있어도 그가 마음을 동하지 않는 한 그 향기를 맡을 수 없습니다. 그러나 만일 향기를 맡고 있는 영혼이

권하면 같이 맡을 수는 있겠습니다. 그럴 경우에도 자신의 마음이 동해야 향기를 맡을 수 있는 것이지만요.

여기서 말하는 것처럼 두 영혼이 같이 있어도 같은 현상을 동시에 겪지 않는다는 것은 우리가 앞에서 누누이 설명하던 것과 일치합니다. 이곳은 영혼들이 만들어낸 관념의 세계이기 때문에 자기가 만들어낸 것은 자기만이 경험할 수 있기 때문입니다. 아무리 다른 영혼이 가까이 있어도 그런 물리적인 거리는 전혀 의미가 없습니다. 아니 영계에서는 지상의 물리 법칙이 통용되지 않는다고 이미 앞에서 말했지요?

지금 말한 것을 조금 더 현대적인 용어로 표현한다면, 영계에서는 영혼들이 자기의 진동수에 부합되는 것만 경험할 수 있습니다. 옆의 영혼이 내가 지금 경험하고 있는 것을 경험하지 못하는 것은 나와 다른 진동수를 갖고 있기 때문입니다. 그러나 조금 전에 말한 대로 그 다른 영혼이 나의 진동수에 동조하면 그도 곧 나와 같은 경험을 하게 됩니다.

이러한 상태를 조금 어려운 말로 하면 '간주간적인(intersubjective)' 상태라고 할 수 있겠습니다. 간(間)주간적이란 것은 여러 주관체들이 자신의 사념을 가지고 공통으로 파악하는 상태를 말합니다. 이것은 여러 영혼들이 마음을 모으면 공통된 세계를 경험할 수 있게 된다는 의미로 이해할 수 있습니다. 역으로 말하면 어떤 일정한 영역(?)의 영적인 세계는 여러 영혼들이 서로의 진동수에 공명해 같이 만드는 세계라 할 수 있습니다.

이 불교 경전에서 말하는 정토 세계의 모습을 하나만 더 소개하고자 합니다. 왜냐하면 그 묘사가 너무도 생생하기 때문입니다. 붓다는 또 아난다에게 이렇게 말합니다. "이 극락정토에서는 육즙이나 설탕 같은 음식물을 필요로 하지 않는다. 왜냐하면 어떤 음식이 먹고 싶다고 생각하면 그것이 생겨나 먹을 수 있기 때문이다."

사실은 입에 넣을 필요도 없습니다. 그 음식에 대한 생각이 그대로 직격적으로 느껴지기 때문입니다. 그런데 입에 넣는다는 표현도 재미있지 않습니까? 영혼에 어떻게 입이 있을 수 있겠습니까? 영혼은 육신이 아닌데 어떻게 입이 있고 코가 있을 수 있겠느냐는 것이지요. 답은 간단합니다. 그것 역시 사념으로 입을 생각해 입이 나타났을 뿐입니다.

이처럼 정토에서는 영혼들이 감각은 갖고 있지만 물질적인 대상은 존재하지 않기 때문에 어떤 영혼의 바람이나 감각이 다른 영혼을 해칠 수가 없다는 것이 이 종파의 주장입니다. 이것 역시 대단히 탁월한 견해라고 생각됩니다. 이 세계에서는 자기를 위하든 해치든 모든 것을 자기가 만들어내기 때문입니다.

이상은 간략하게 본 정토 불교의 극락관인데 정토가 이처럼 자세하고 정확하게 묘사되어 있는 것이 놀랍기만 합니다. 정토를 이 정도로 묘사하려면 이 세계를 직접 경험한 사람이 아니면 힘들 것입니다. 그래서 아무래도 이 경전을 쓴 불교의 승려는 대단히 높은 정신을 갖고 있는 것처럼 보입니다. 왜냐하면 주관적이든 객관적이든 정토를 체험하지 않고서는 이렇게 쓸 수 없기 때문입니다. 추측컨대 아마도 이 승려는 깊은 명상 상태에 들어가 그 관념의 세계를 직접 체험했던 것이 아닐까 하는 생각입니다.

이런 맥락에서 저는 그동안 불교에서 말하는 일체유심조(一切唯心造), 즉 '모든 것은 내 마음이 만들어낸 것이다'라는 교리를 가장 잘 체험할 수 있는 곳이 바로 영계라고 주장해왔습니다. 이 교리를 있는 그대로 따르면 이 외부 세계는 우리의 마음이 창조한 것인데 물질계에서는 그런 생각에 공감하기가 힘듭니다.

물질계에서는 왜 이 교리의 뜻을 공감하기 힘들다고 하는 것일까요? 저기 있는 나무나 건물이 모두 내 마음이 만들어냈다는 걸 어떻게 받아들일 수 있겠습니까? 저 외부세계의 물질들은 내가 존재하기 전에도 있었는데 내 마음이 그것을 만들어냈다니 믿기가 힘듭니다.

그런데 이 영계에서는 앞에서 본 구절(일체유심조) 그대로 모든 것을 내 마음이 만들어냅니다. 이 점은 충분히 숙지가 됐을 겁니다. 그런데 사실은 이 물질계도 내 마음이 만들어낸 것이 맞습니다. 여러 사람들의 마음이 합해져 이런 간주간적인 물질계를 만들어낸 것이지요.

다만 이 물질계는 영계에서처럼 생각하는 순간 물건이 즉시 만들어지고 없어지는 게 아니기 때문에 내 마음과는 무관하게 움직이는 것처럼 보일 뿐입니다. 이 물질계는 물질로 구성되어 있어서 둔탁하고 거칩니다. 그래서 마음이 작동하는 시간도 굉장히 오래 걸립니다. 다만 그 시간이 오래 걸려서 그것이 내 마음과 아무 관계없이 움직이는 것처럼 보일 뿐입니다.

그런데 사실은 불교 교리에서처럼 이 물질계도 내 마음 혹은 우리 마음이 다 만들어냈다고 하면 믿으시겠습니까? 이것은 매우 어려운 문제이고 우리의 주제와 직접적인 상관성이 없어 그냥 넘어가기로 하겠습니다.

불교 이야기가 길어졌습니다. 불교는 우리의 주제에 관련해서 많은 이야기를 담고 있어 설명할 거리가 많다 보니 이렇게 되었습니다. 어떻든 이런 이야기를 통해 우리는 무엇을 배울 수 있을까요? 이런 이야기를 마음속 깊이 진정으로 받아들이는 사람은 이 지상에서 살 때 자신의 영혼을 맑고 깨끗하게 만들기 위해 최선을 다할 것입니다. 그러면 그와 비슷한 영혼들을 만날 것이고 그런 맑고 깨끗한 영혼들은 아주 훌륭한 주위 환경을 만들어낼 터이니 말입니다. 그럼 그곳이 바로 천국이 되는 겁니다. 그 맑음과 순수함의 강도에 따라 주위 환경의 순도가 결정되니 우리의 영혼이 맑을수록 더 순결한 곳에 처할 수 있을 것입니다.

세 번째 이야기: 그 이후에 일어나는 일

영들의 공동체

앞에서 얘기한 것을 서양 용어로 표현하면, 영계란 개인의 마음이 만들어낸 우주(mental universe)라 할 수 있겠습니다. 영계에서는 모든 것이 자신의 마음에 있는 관념으로 만들어지기 때문입니다. 그런데 바로 그런 조건 때문에 자신의 생각에 갇히면 영계가 해당 영혼에게는 감옥이 될 수도 있습니다. 어느 누구도 그 영혼을 괴롭히지 않는데 스스로 만들어낸 생각에 갇혀 스스로를 학대할 수 있다는 것이지요.

영혼은 순수 에너지체이기 때문에 매우 자유로워 보입니다. 자신이 마음먹은 대로 순식간에 움직이니 말입니다. 그런데 영계에서의 생활이 물질계에서의 생활보다 외려 속박을 더 받을 수도 있습니다. 왜냐하면 영계에서는 자신이 생각하지 않은 곳은 갈 수 없기 때문입니다. 반면에 지상에서는 본인이 생각하지 않은 곳이 있더라도 그냥 이 몸을 가지고 가면 그곳에 갈 수 있습니다.

그에 비해 영계에서는 본인의 관념 체계에 들어와 있지 않은 곳은 갈 수 없습니다. 그 영혼 안에 그 장소에 대한 개념이 없으니 생각조차 할 수 없기 때문입니다. 생각을 할 수 없으니 그곳을 떠올리는 것조차 불가능합니다. 그래서 갈 수 없다는 것입니다. 우리가 지상에 자꾸 환생하는 이유는 영계에서는 할 수 없는 지상의 다양한 경험을 하기 위함입니다.

이곳에서 만날 수 있는 사람들에게도 같은 논리가 적용됩니다. 영계에서는 자신과 비슷한 진동수를 가진 사람들만 만날 수 있습니다. 영적 수준이 비슷하고 유사한 성향을 가진 영혼들끼리만 만나게 되는 것이지요. 지상에만 유유상종의 법칙이 있는 게 아니라 영계에도 이 법칙이 적용됩니다. 아니 영계에서는 더욱더 유유상종의 법칙에 따라 영혼들이 서로 모이고 흩어집니다.

나와 수준이 다른 영혼은 어떤 조치를 하지 않으면 만날 수 없습니다. 한쪽이 다른 쪽에 진동수를 맞추는 일을 해야 두 영혼이 교감할 수 있기 때문입니다. 그런데 수준이 낮은 영혼은 스스로의 힘으로 진동수를 올려 자신보다 높은 영혼을 만나는 일이 원천적으로 불가능합니다. 그러나 수준 높은 영혼이 자신의 진동수를 낮추어 그 밑에 있는 영혼과 소통하는 것은 가능한 일입니다.

그런데 지상은 다릅니다. 이곳에서는 우리의 영혼이 육신에 가려지기 때문에 영적 수준과 관계없이 사람들을 만날 수 있습니다. 우리는 영적인 발달을 위해 높은 영혼들을 만나야 하는데 영계에서는 앞서 말한 대로 높은 영혼을 만날 수가 없습니다. 그러나 지상에서는 아무리 높은 영혼이라도 인연만 닿으면 만날 수 있습니다.

예를 들어 영계에서는 예수님 같은 최고의 영혼을 만난다는 것은 거의 있을 수 없는 일입니다. 영적인 수준의 차이를 뛰어넘을 수 없기 때문입니다. 그러나 지상에서는 육신 대 육신으로 만나는 것이라 문제될 것이 전혀 없습니다.

바로 이런 이유 때문에 우리가 지상에 태어나는 것입니다. 영계에서는 자신과 비슷한 영혼들끼리만 있어 아주 편합니다. 물론 이것도 영적 수준이 높은 영혼들에게만 한한 일입니다. 그래서 편하기는 한데 진보가 느릴 수 있습니다. 게다가 성향이 비슷하니 다름을 통해 배울 수 있는 것이 한정될 수 있습니다.

그러나 이 지상에는 온갖 종류의 사람들이 있어 그 사람들과의 만남을 통해 본인이 체험할 수 없는 것들을 배울 수 있습니다. 영적인 수준에 관계없이 인연만 되면 누구든 만날 수 있습니다. 그런 면에서 지상은 학습 속도를 빨리 낼 수 있는 속성 학교와 같은 곳이라고 할 수도 있겠습니다.

천당과 지옥은 분명히 있다, 그러나

이 시점에서 우리가 계속해서 주의 깊게 생각해야 할 것은, 영계에서는 영혼들이 움직이는 것이 아니라 주위 환경이 생겨난다는 것입니다. 이 점에 대해서는 앞에서도 이야기를 했습니다.

이런 관점을 이번에는 이른바 천국과 지옥이라 불리는 영역을 해석하는 데에 적용시켜보겠습니다. 영계에서는 모든 게 주관적인 것이라면 이 천국과 지옥도 객관적으로 존재하는 것이 아니라 주관적인 영역이라고 할 수 있습니다. 다시 말해 모두 내가 만드는 것이라는 것입니다.

일단 천당과 지옥은 분명히 있습니다. 그러나 기성 종교에서 말하는 것처럼 천국은 하늘 어딘가에 있고 지옥은 저 땅속 어딘가에 있는 그런 곳을 말하는 것이 아닙니다. 이렇게 보면 천국과 지옥은 있다고도 할 수 있고 없다고도 할 수 있습니다. 다시 말해 주관적인 영역으로서는 천당과 지옥이 분명히 있지만 기성 종교에서 말하는 것처럼 신이나 염라대왕이 사람들을 심판해서 보내는 그런 곳은 아니라는 의미에서 천당이나 지옥은 없다고도 할 수 있습니다. 천당이나 지옥은 누가 보내는 곳이 아니라 자신이 자청해서 가는 곳입니다.

자신이 자청해서 간다는 것은 본인의 진동수, 다시 말해 영적인 수준이 맞는 영혼들이 모여 있는 곳으로 자신이 '자발적으로' 간다는 것을 말합니다. 그 영혼에게는 그런 곳이 가장 좋게 보이기 때문에 자발적으로 가는 것입니다.

예를 들어보지요. 어떤 남자가 지상에서 노름만 하고 사생활이 아주 지저분하게 살았다고 합시다. 그러면 이런 사람은 죽어서도 그 생각밖에는 하지 못합니다. 그래서 영계에서도 같은 생각을 갖고 비슷한 생활을 한 영혼들이 많이 모여 있는 곳으로 끌리게 됩니다. 객관적으로 보면 분명 좋지 않은 곳이지만 그에게는 그런 곳이 가장 편안합니다.

이런 영혼들에게 아주 깨끗한 종교적 장소나 빛이 가득한 천상의 세계를 보여주면 외려 재미없다고 외면할 겁니다(물론 높은 영혼의 도움 없이는 이런 곳으로 가지도 못합니다만). 이것은 흡사 빛을 싫어하는 벌레들에게 환한 빛을 쪼여주는 것과 같습니다. 이 벌레들은 빛을 감당하지 못하기 때문에 이런 빛이 싫습니다. 그보다는 어두침침한 곳이 훨씬 편안합니다. 이 영혼도 마찬가지입니다. 이런 영혼들은 어둡고 축축하고 냄새나는 곳을 좋아하게 되어 있습니다.

만일 지상에서 돈을 갈취하는 등 남을 괴롭히고 온갖 나쁜 일을 한 사람이 있다면 그는 죽어서 어떤 곳으로 갈까요? 예상할 수 있는 것처럼 비슷한 사람들이 모인 곳으로 가겠지요? 그러면 그런 곳에서 어떤 일이 벌어지겠습니까? 그곳에 모인 영혼들은 남을 괴롭히는 일밖에 모르니 서로를 얼마나 괴롭히겠습니까?

그렇게 되면 그곳은 그야말로 아수라장이 되겠지요. 그곳에서 이루어지는 일은 싸움밖에는 없기 때문입니다. 그런데 영혼은 에너지체이니 아무리 괴롭혀도 소멸되지 않습니다. 따라서 끊임없는 괴롭힘과 고통만이 있습니다. 바로 이런 곳을 두고 지옥이라고 부를 수 있습니다. 물론 고통의 강도에 따라 지옥에도 여러 종류와 등급이 있겠지요.

지상의 종교인 기독교에서는 '예수를 믿어야 천당 간다'라는 교리를 설파합니다. 이것은 물론 고급의 기독교가 아니라 저급의 기독교가 주장하는 것이지만 많은 기독교인들은 이 교리 때문에 교회를 나갑니다. 만일 이 교리가 없다면 기독교 신자의 수가 대폭 줄어들 겁니다. 그런데 이 교리는 사실이 아닙니다. 사실일 수가 없습니다. 그런데 만일 이런 교리를 믿는 사람이 천당에 갔다면 그는 예수님을 믿어 천당에 간 것이 아니라 착한 일을 많이 했기 때문입니다.

영계에서는 영혼들이 생전에 무엇을 믿었는가를 중요하게 여기지 않습니다. 그런 외적인 모습보다 내면의 마음 상태를 훨씬 더 중요하게 생각합니다. 그래서 영계에서는 각각의 영혼이 한 생을 살면서 얼마나 다른 사람을 생각하면서 살았는지 혹은 자신의 영적인 발전을 위해 얼마나 노력했는지가 가장 중요한 관건이 됩니다. 이러한 생각과 행동은 그의 영혼에 그대로 기록되고 저장되어 있습니다.

이와 관련해서 재미있는 이야기가 있습니다. 근사체험이 공표되고 연구되던 초기에 미국의 일부 기독교계에서는 이 연구를 쌍수를 들고 환영했답니다. 기독교에서는 항상 인간은 죽어서 소멸되는 것이 아니라 영혼 상태로 가는 세계, 즉 영계가 있다고 주장했는데 그것이 근사체험의 연구를 통해 밝혀지는 것 같았으니 말입니다.

그래서 이 미국의 기독교계가 근사체험 연구를 충분히 환영할 만했겠다는 생각이 듭니다. 기독교를 믿지 않는 사람들은 이 사후생을 미신적인 믿음이라고 생각했는데 그들의 편견을 부술 수 있는 절호의 기회가 온 것이라고 생각한 것이겠지요. 기독교계의 입장에서는 아주 좋은 지원군을 얻은 것과 다름이 없었습니다.

그런데 미국의 기독교계가 태도를 바꾸는 데에는 얼마 시간이 걸리지 않았습니다. 교계는 근사체험 연구에 대한 지지를 철회했을 뿐만 아니라 어떤 기독교 집단은 근사체험자들을 사기꾼이라고 몰아세우기도 했답니다. 왜냐하면 근사체험의 내용이 교회에서 가르치는 것과 별로 닮은 점이 없었기 때문입니다. 아니 외려 엇나가는 것 같으니 도저히 지지할 수 없었던 겁니다.

다 그런 것은 아니겠지만 적지 않은 교회에서 우리가 기독교 신자가 되어 교회를 나오지 않으면 죽어서 이른바 천당이라는 곳에 가지 못한다고 가르칩니다. 그런데 근사체험자들의 보고에 따르면 자신들이 영혼 상태가 되었을 때 교회에 나갔는지를 조사하는 일은 한 번도 없었다고 합니다.

앞에서 말한 것처럼 소수의 근사체험자들은 빛의 존재와 대화를 했다고 말합니다. 그런데 그 대화에서 빛의 존재가 체험자에게 '당신은 지상에 있을 때 기독교를 믿고 교회를 잘 나갔는가' 하는 따위의 질문은 전혀 하지 않았다고 합니다. 그 대신 지상의 삶에서 중요한 것은 '배움과 사랑' 혹은 '지혜와 자비'뿐이라는 생각을 강하게 심어주었다고 하더군요.

사정이 이러니 기독교계가 좋아할 리가 없겠지요? 그래서 근사체험자나 그에 대한 연구를 혹독하게 비판한 것입니다. 물론 모든 기독교계 인사가 비판한 것은 아니고 도그마에 빠진 일부 기독교계 인사들이 그렇게 한 것일 겁니다.

이와 관련해 근사체험 연구를 보면 또 재미있는 일화가 전해집니다. 어떤 목사 부인이 근사체험을 했답니다. 그 체험 뒤 그 부인은 늘 하던 대로 일요일에 남편이 하는 예배에 참석했습니다. 그런데 체험 전에는 좋게 들렸던 남편의 설교가 낯설고 불편해 도저히 경청할 수가 없는 지경에 이르게 됩니다.

이 부인이 남편의 설교에 대해서 왜 그렇게 혹평했는지는 여러분들도 곧 짐작하실 수 있겠지요? 근사체험을 해보니 이 세계는 보편적인 사랑으로 채워져 있어 우리는 인종이나 종교 등과 같은 외적인 것을 가지고 사람을 구분해서는 안 되는데 남편의 설교는 그렇지 않았기 때문일 겁니다. 아마 그 남편은 도그마에 갇힌 목사였던 모양입니다.

이 정도만 보아도 교회나 절에 열심히 나가고 헌금을 많이 내고 하는 것들이 영계의 생활에 하등의 영향도 주지 못한다는 것을 아실 수 있을 겁니다. 사실 예수만 믿으면 무조건 천당 간다는 기독교의 교리는 조금만 생각해보면 무리가 있는 교리인 것을 알 수 있습니다.

일부 교회에서 말하는 것처럼 무조건 예수만 믿으면 천당에 갈 수 있다고 합시다. 그러면 어떤 사람이 평생을 나쁜 짓만 하다가 죽기 직전에 기독교인이 되면 그 사람도 천당에 갈 수 있는 것인가요? 그럼 이 사람이 가는 천당은 평생을 교회에서 가르치는 대로 윤리적으로 올바르게 산 사람이 가는 천당과 같은 곳인가요? 만일 이게 사실이라면 이 얼마나 비합리적인 이야기입니까?

예수만 믿고 교회만 잘 나오면 천당 갈 수 있다는 믿음은 단순히 잘못됐다고 하기보다 대단히 자기중심적이고 유아적인 생각이라고 할 수 있을 겁니다. 이런 믿음에 대해 이미 기독교계에서도 경고한 사람이 있었습니다. 이런 수준 낮은 믿음이 팽배하는 것을 보고 학식과 덕이 높은 신학자들이 가만있을 리가 없겠지요.

그 가운데 독일의 저명한 신학자이자 목사였던 디트리히 본회퍼가 이런 신앙을 '값싼 은총(cheap grace)'이라고 한 것은 훌륭한 통찰력이라고 할 수 있습니다. 본회퍼 목사는 대단히 양심적이고 자기희생적인 분이었던 모양입니다. 이 분은 제2차 세계대전 때 전쟁을 종식시키기 위해서는 히틀러를 제거해야 한다는 신념 아래 히틀러를 암살하려는 지하 운동에 참여합니다.

그런데 안타깝게 이 계획이 사전에 발각되어 이 모사에 관여한 사람들이 사형을 당합니다. 본회퍼도 이때 처형됩니다(종전

3주 전에 사형됐다니 안타깝기 그지없습니다). 사람을 살상해서는 안 되는 목사의 신분이었지만 그는 다른 많은 사람들을 살리기 위해 스스로 살인이라는 죄를 걸머진 것입니다. 그래서 이분이 용감하고 양심적이라고 하는 것입니다. 행동하는 지식인이자 종교인이었던 것이지요.

본회퍼는 진정한 크리스천이 되기 위해서는 신앙 고백에 앞서 자신에 대한 엄밀한 회개가 있어야 한다고 주장했습니다. 그렇지 않고 그냥 예수가 진정한 구세주라고 고백하는 것은 아무 의미가 없다는 것입니다. 이런 통렬한 회개 없이 자신이 예수를 믿으니 구원을 얻었다고 생각하는 것은 '값싼 은총'이라는 것이지요.

제대로 된 기독교인은 신앙 고백과 함께 철저한 회개를 한 뒤에 삶을 변화시켜 윤리적으로 살고 남들을 위해 봉사하는 삶을 살 것입니다. 이런 사람들은 천당에 간다고 할 수 있을 겁니다. 그런데 이런 사람들이 천당에 갈 수 있는 것은 예수를 믿어서가 아니라 기독교 신앙을 통해 윤리적이고 이웃사랑 정신으로 살았기 때문이라는 것을 알아야 합니다.

자신의 삶에서 아무런 변화도 이끌어내지 않으면서 그저 예수만 믿으면 구원받는다는 교리가 맞는다면 사람들은 누구나 제멋대로 살다가 마지막에 회개하(는 척하)고 예수를 구세주로 믿는다는 신앙 고백을 할지도 모릅니다. 그래도 천당에 갈 수 있으니 말입니다. 이런 생각이 얼마나 어리석은가는 한 번만 생각해도 알 수 있습니다.

높거나 낮고, 맑거나 탁한 곳

　여기까지 왔으면 여러분들도 눈치 채셨겠지요? 네! 영계에는 천당도 지옥도 없습니다. 단지 자기가 가는 공동체만이 있을 뿐입니다. 영계에는 이런 영들의 공동체가 부지기수로 많습니다. 영계는 어디가 천당이고 어디가 지옥이라는 식으로 이분법적으로 나눌 수 없습니다. 다만 구분이 있다면 높고 낮다거나 혹은 얼마나 맑은지 탁한지 등으로 나눌 수 있을 뿐입니다.

　그런데 보통 영혼들은 자기가 속해 있는 공동체가 어디에 있는지 또 어떤 수준에 속하는지 등에 대해서 잘 알 수 없습니다. 왜냐하면 다른 공동체는 잘 보이지 않기 때문입니다. 특히 자신이 속한 공동체보다 높은 공동체는 아예 안 보입니다. 그 이유는 앞에서 말했습니다. 차원이 높은 곳에서는 낮은 곳이 보이지만 차원이 낮은 곳에서는 높은 곳이 보이지 않기 때문입니다. 그래서 자신이 있는 곳이 어떤 수준에 해당하는지 모릅니다.

이렇게 끼리끼리 모여 사는 것은 지금 우리가 사는 지상 세계도 마찬가지 아닐까요? 이 세상에서도 우리는 자신과 비슷한 사람들끼리만 모여 살다가 이 세상을 떠납니다. 그렇지 않습니까? 우리는 나와 다른 집단에 대해 잘 모릅니다. 예를 들어 우리는 도박꾼이나 사기꾼들의 세계에 대해 아는 바가 없습니다. 또 영화에서나 보는 조폭 집단의 사람들도 본 적이 없습니다. 이들의 세계는 그리 멀지 않은 곳에 있을 터인데 그들에 대해 아는 바가 없습니다. 우리가 몇십 년을 살아도 이런 사람들은 만날 일이 별로 없습니다. 이것은 그들과 사는 세계가 워낙 다르기 때문일 것입니다.

이처럼 이 지상도 철저하게 비슷한 사람끼리만 모여 사는데 파동만 있는 영계는 어떻겠습니까? 지상에서는 그래도 길에서 나와 다른 사람들을 지나칠 수는 있습니다. 아니면 그런 사람들을 소개한 영화 같은 데에서 그들을 간접적으로 만날 수 있겠지요. 또 그런 사람을 알고 있는 어떤 사람이 이야기를 해줄 수도 있겠지요.

그러나 영계에서는 이런 모든 일이 불가능합니다. 자신과 주파수가 다른 영혼은 만날 수 없을 뿐만 아니라 그들에 대해 생각

우리가 행한 모든 것은 씨앗으로 저장됩니다

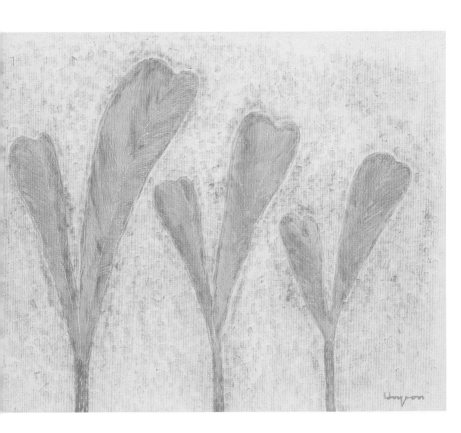

우리가 하는 모든 생각이나 말, 행동은 영혼 속에 저장됩니다. 아무리 사소하게 보이는 생각도 우리의 영혼 안에 씨앗의 형태로 저장됩니다. 그러다 그 씨앗과 공명하는 사건이 생기면 그 씨앗이 발현되어 현실에서 사건으로 나타나게 됩니다.

조차도 할 수 없습니다. 그곳에서 우리는 오로지 자기가 속한 세계에만 있다가 다시 환생하는 것입니다.

천당과 지옥이 어떤 곳인가에 대해 설명해주는 좋은 이야기가 있어 이것으로 이번 설명을 마칠까 합니다. 이것은 불교 경전에 나오는 이야기로 많이 알려져 있긴 하지만 혹시 접해보지 못한 분들을 위해 말씀드립니다.

불교 경전에 따르면 지옥이나 천당에서도 식사를 하는 모양입니다. 물론 비유니까 사실로 듣지는 말아주시기 바랍니다. 그런데 이곳에서는 수저가 팔보다 길어 혼자서는 음식을 입으로 가져갈 수 없다고 합니다. 여기서 천국과 지옥의 차이가 납니다. 천국에서는 서로에게 음식을 떠먹여주어 음식을 섭취하는 데에 문제가 없습니다. 반면 지옥에서는 저만 먹겠다고 아우성을 하면서 음식을 입에 가져가려고 하지만 어느 누구도 음식을 먹지 못합니다.

이 비유에서 말하고자 하는 것은 남을 위하는 마음이 바로 천당을 만들어내고 자기만 위하겠다는 마음은 지옥을 만들어낸다는 것입니다. 그러니까 우리의 마음 상태가 천당과 지옥을 만드는 것이지 어디 따로 천당과 지옥이 있다는 것이 아닙니다. 영적으로 높은 사람일수록 비슷한 사람들끼리 모여 그 자혜로운 에너지를 증폭시키니 그곳이 좋은 곳이 될 것이고 영적으로 낮은 사람들은 그 반대가 될 것입니다.

이처럼 영계에서 맞부딪히는 모든 것은 우리 마음의 투영임을 알아야 합니다. 본인이 고통을 받든지 혹은 그 반대로 큰 즐거움을 누리든지 그것은 모두 본인 마음의 상태와 비례한다는 것을 확실히 깨달아야 합니다.

자살에 관하여

만일 우리가 누군가를 어떤 방법으로든 괴롭혔다면 그런 행동은 똑같은 힘의 크기로 우리의 무의식에 저장됩니다. 그러니까 남을 괴롭히면 그것으로 끝나는 것이 아니라 자신에게도 똑같은 좌절이나 공포로 남아 있게 된다는 것이지요. 이것이 물질계에 있을 때 표출될 수도 있습니다만 만일 무의식에 남아 있으면 영계에서도 그대로 나타납니다. 영계는 에너지의 세계라 육체라는 보호막이 없어 생각이 그대로 외부로 투영되니 그렇게 되는 것입니다.

이러한 영계의 원리가 무서운 것은 우리가 이런 상태에 있을 때 자신이 그 생각을 접지 않으면 어느 누구도 우리를 도울 수 없다는 데에 있습니다. 하기야 본인이 자기 생각으로 이미지를 만들어내는데 그걸 다른 영혼이 어떻게 없앨 수 있겠습니까? 물론 본인이 마음을 열고 높은 영혼에게 도움을 청하면 그들로부터 가르침을 받을 수 있습니다.

이런 상황은 지상에서도 마찬가지 아닙니까? 육신으로 살 때에도 더 앞선 이들에게 도움을 청하면 해결책을 얻을 수 있습니다. 그러나 우리가 고집을 피우면서 도움을 요청하지 않으면 어느 누구도 우리를 도울 수 없는 것은 지상에서도 마찬가지입니다.

우리는 종종 천국을 말할 수 없이 밝은 빛과 백옥같이 청순한 꽃, 그리고 모두 환하게 빛나는 얼굴을 가진 고결한 영혼들이 있는 곳으로 묘사합니다. 대신 지옥은 주위가 어두운 가운데 불이 활활 타고 있고 건물들도 아주 낡아빠져 있으며 아주 기괴하게 생긴 괴물들이 사는 곳으로 묘사합니다. 이것은 다 사실입니다. 왜냐하면 이런 외부 모습은 그곳에 있는 영혼들의 마음 상태를 그대로 나타내는 것이기 때문입니다.

여러분들의 이해를 돕기 위해 예를 하나 들어보겠습니다. 이 세계에 대한 묘사는 영혼마다 다르게 할 수 있기 때문에 일률적으로 말하기는 힘듭니다. 따라서 일반적으로 적용할 수 있는 것에 대해서만 보겠습니다.

자살한 사람이 있다고 합시다. 이런 영혼들은 영계에 들어와 적어도 최초에는 아무것도 보이지 않는 캄캄한 공간 속에 홀로 있게 됩니다. 그래서 더 두렵고 무섭습니다. 공포가 물밀듯이 밀려옵니다. 사실 자살을 한 영혼은 자살하는 순간 이미 자신이 말할 수 없이 큰 잘못을 했다는 것을 직감합니다.

이것은 자살을 시도했다가 근사체험을 하고 다시 살아난 사람들의 증언입니다. 그들은 자신이 목숨을 끊는 순간 '내가 정말로 해서는 안 될 일을 했구나' 혹은 '나는 씻을 수 없는 죄를 저질렀구나'라는 확신을 갖는다고 말합니다. 이런 증언에 귀를 기울이는 사람은 자살할 생각을 생시는 물론이고 꿈에서조차도 하지 않을 것입니다.

이것은 당연한 것이지요. 이 생명의 세계에서는 남이든 본인이든 살인을 하는 것은 절대 금물로 되어 있기 때문입니다. 우리 인간은 서로를 위해 끊임없이 도와야 하는 카르마를 갖고 태어났습니다. 그런데 살인이나 자살은 이런 원리를 정면으로 어기는 것입니다. 그래서 자살은 절대로 안 됩니다. 자살하는 사람들은 자신의 목숨을 끊으면 모든 고통이 사라질 것이라고 믿는데 결코 그렇지 않습니다. 왜 고통이 사라지지 않는가 하는 것은 곧 보게 됩니다. 그리고 자살은 지극히 반인도적인 행위라 그에 대해 반드시 대가를 치러야 합니다.

그 대가 중의 하나로 영계로 들어온 자살한 영혼은 극히 어두운 공간에 처합니다. 이렇게 되는 이치는 간단합니다. 앞서 말했 듯이 영계에서 경험하는 외부 세계는 해당 영혼의 내면세계가 투영된 것입니다. 그 원리를 적용해보면, 자살한 사람은 자살함 으로써 스스로 다른 사람과의 관계를 끊었습니다. 스스로 고립 한 것입니다.

그런 세계가 어둡고 우울할 수밖에 없는 것은 당연한 것이겠 지요. 그의 마음이 꼭 그 같은 상태일 것입니다. 그러면 그의 마음 상태가 있는 그대로 외계에 나타납니다. 그 어둠 속에서 그는 다시금 자신을 철저하게 소외시키게 됩니다. 그리고 절망과 좌절, 끊임없는 우울을 다시 겪게 됩니다.

자살은 아무 때나 하는 것이 아니지 않습니까? 보통 힘들지 않으면 하지 않습니다. 그 힘든 마음이 외계에 있는 그대로 투영된 것입니다. 더 나아가서 자살한 사람들은 다음 생에 다시 태어났을 때에도 아주 외로운 환경에 태어날 수 있습니다. 본인이 자신의 외로움과 고독을 자처했으니 그 카르마대로 가는 것입니다.

자살을 해 이처럼 캄캄한 세계에 빠진 영혼은 그곳에서 어떻게 행동할까요? 이런 상태에 놓인 영혼은 우선 어찌할 바를 모릅니다. 스스로 더 나쁜 상황을 만들어냈으니 어떻게 빠져나가야 하는지를 알지 못합니다. 게다가 자살한 사람들은 영혼의 수준이 높다고 볼 수 없습니다. 아주 약간의 예외는 있지만 영혼이 높은 사람들은 개인적인 이유로 자살하지는 않기 때문입니다. 그래서 자살을 감행한 무지한 영혼은 그 상태에서 기약 없이 갇혀 있습니다. 그런 기간이 얼마나 계속될지는 사람마다 다르니 섣불리 이야기할 수는 없습니다.

그러나 본인이 다행스럽게도 진심으로 뉘우치고 간절하게 도움을 청하면 높은 영혼들이 도우러 접근합니다. 아니, 이 고급 영혼은 원래부터 옆에 있었는데 자살한 영혼이 마음을 열지 않아 그의 진동수에 맞추지 못해 접근할 수 없었다고 하는 것이 진실에 가까울 것입니다. 그가 마음을 여니 그의 진동수에 맞추어 그의 마음속으로 들어갈 수 있었던 것입니다.

그러나 잊지 말아야 할 것은 고급 영혼이 도와준다고 해서 자살한 죄가 없어지는 것은 아니라는 것입니다. 자살을 한 대가는 카르마의 법칙에 따라 정확하게 언젠가는 본인에게 돌아갑니다. 지상 언어로 하면 죗값을 치러야 한다는 것인데 어떻게 돌아갈지는 사람마다 다릅니다.

천국으로 가는 길

낮은 수준의 영혼에는 여러 종류가 있습니다만 여기에서는 몇 가지 예만 골라 설명해보도록 하겠습니다. 어떤 영혼이 아주 춥고 찬 곳에 있다고 가정합시다. 이 영혼이 있는 주위는 춥고 음산하기 짝이 없습니다. 왜 이 영혼은 이런 곳에 있는 것일까요? 획일적으로 말할 수 있는 것은 아닙니다만 이런 영혼은 지상에 있을 때 다른 사람들을 너무 쌀쌀하게 대했거나 다른 사람에게 별 관심 없이 산 사람일 확률이 높습니다. 이런 사람은 꼭 이기주의자는 아닙니다. 단지 다른 사람과 관계 맺는 것을 싫어했을 것입니다.

이런 사람의 마음속은 차가울 수밖에 없습니다. 그런 마음의 상태가 밖으로 투영되어 아주 추운 공간을 만들어내고 그 사람은 자신이 만든 곳에서 고생하게 되는 것입니다. 이런 일이 벌어지게 된 연유를 보면, 우리 인간은 남에게 항상 끊임없는 관심과 배려를 가져야 하는데 이것을 어긴 대가로 나타난 현상인 것입니다.

그런 마음이 이렇게 찬 공간을 만들어내니 더 이상 이런 마음씨를 갖지 말라는 가르침을 주는 것이지요. 본인의 마음이 차면 가장 먼저 피해를 보는 것은 그 차가운 마음의 소유자입니다. 그래서 우리는 자신을 위해서라도 다른 사람들을 따뜻이 대해야 합니다. 그런 시각에서 보면 이웃을 사랑할 때 가장 이득을 보는 사람은 자신입니다.

지상의 종교들이 묘사하는 부정적인 영계를 보면 불이 활활 타오른다거나 연기가 마구 피어오르고 안개가 자욱하게 끼어 있는 그런 모습들이 나옵니다. 전체적인 분위기는 음산하고 나쁜 냄새가 나기도 해 아주 기분이 나쁩니다. 이런 것들이 우리 마음의 상태를 반영한다면 이것은 어떤 상태를 나타내는 것일까요? 여기에 나오는 불꽃은 여러 가지 감정을 표현하고 있다고 할 수 있습니다.

불꽃은 우선 자신의 욕정이나 탐욕, 이기심 등이 타오르는 것을 나타낸다고 하겠습니다. 욕정이 마구 타오를 때 우리의 마음은 상태가 어떻습니까? 이글이글 타오르는 것 같은 느낌이 들지요? 숨도 거칠어지고 마음은 격정에 휩싸입니다. 그것이 그대로 외계에 나타나는 것입니다. 이렇게 마음의 상태가 이글거리는 것은 욕정의 상태일 때만 그러는 것은 아니지요. 누구를 힘껏 미워하거나 복수하고 싶은 마음이 있을 때에도 우리 마음은 비슷한 상태가 됩니다.

그렇지 않습니까? 누구를 죽도록 미워하고 싶은 마음이 생기면 눈에 힘이 들어가고 뜨거운 불꽃의 기운이 마음속 깊은 곳에서 타오릅니다. 지상에 있을 때에는 아무리 마음속의 불꽃이 강하더라도 그것이 외계에 나타나지는 않습니다. 왜냐하면 외계는 너무나 둔한 물질로 되어 있기 때문에 마음의 에너지가 영향을 줄 수 없기 때문입니다.

물질은 질량을 갖고 있어 아주 무겁고 둔합니다. 그래서 상념 같은 지극히 가벼운 에너지로는 그런 물질에 어떤 영향도 줄 수 없습니다. 그러나 영계는 다르다고 했습니다. 영계에는 모든 것이 에너지로 되어 있어 자신의 마음이 실시간으로 반영됩니다. 만일 당신이 나쁜 마음 상태에서 벗어나고자 한다면 다른 방도가 없습니다. 회개하고 뉘우치고 사랑의 감정을 갖도록 노력하는 것밖에는 다른 길이 없습니다.

그런 까닭에 세계의 종교들은 한결같이 아무리 해를 입어도 복수하는 마음을 갖지 말라고 하는 것입니다. 그런 복수심을 갖고 있으면 자신이 먼저 해를 당합니다. 그런 마음이 뿜어내는 독소를 자신이 다 흡수해야 하기 때문입니다. 그래서 누구를 미워하면 자신의 몸이 먼저 망가집니다. 병에 걸린다는 것입니다.

그런데 그 미워하는 대상은 멀쩡합니다. 어떤 대상을 향해 미워하는 마음을 가졌을 때 그때 나오는 미움의 에너지가 아주 약하기 때문에 그 대상에게 전달되지 않기 때문입니다. 자신은 망가지고 대상은 멀쩡한데 이런데도 누구를 미워하시겠습니까? 그래서 세계의 고등종교들이 한 목소리로 이런 감정을 갖지 말라고 한 것입니다.

또 어떤 영계의 모습을 보니 연기가 나고 안개가 잔뜩 끼어 있는 경우가 있습니다. 그래서 그런 곳에 있으면 답답하기 짝이 없습니다. 지상에서는 이런 경우 다른 곳으로 피하거나 시간이 지나면 연기나 안개가 걷힐 수 있습니다.

그런데 이곳 영계에서는 그런 일이 일어나지 않습니다. 본인이 마음을 고치지 않으면 말입니다. 이곳은 어떤 마음 상태를 말하는 것일까요? 선지자에 따르면 영계의 이런 상태는 자기만 아는 이기적인 마음에서 파생한 거짓이 만든 형상이라고 합니다.

이것을 해석해보면, 자신은 형편없는 이기주의자인데 겉으로는 아닌 척하고 사니 거짓이라는 것이지요. 그런 거짓은 자신을 투명하게 하지 않으니 연기나 안개가 잔뜩 낀 마음 상태로 나타나게 되는 것 아닐까요? 그런데 이런 이기적인 마음 상태에도 단계가 있을 겁니다. 남에게 관심 없이 그냥 이기적으로 사는 사람은 상태가 나은 것입니다.

반면 그런 마음을 갖고 다른 사람을 괴롭히고 그의 돈이나 물건을 빼앗는다면 아주 좋지 않은 경우라 할 수 있습니다. 그런 경우에는 영계에서 훨씬 더 안 좋은 분위기가 연출될 겁니다. 연기와 안개, 혹은 까만 그을음 등으로 전체 분위기가 아주 좋지 않을 뿐만 아니라 여기에 욕정의 불꽃이 사정없이 타오르고 이기주의가 발산하는 더러운 냄새가 코를 찌를 것이기 때문입니다.

그런데 더 문제가 되는 것은 그런 곳에 있으면서도 다른 영혼을 괴롭히면서 뉘우칠 줄 모르는 영혼의 경우입니다. 아니 이 영혼은 지상에서처럼 그런 상태를 즐길 수도 있습니다. 이런 영혼이 있다면 그 영혼은 당분간은 가망이 없는 영혼이라 하겠습니다. 지상에서도 이런 사람들을 꽤 많이 보지 않았습니까? 자신이 이기적으로 저지른 잘못을 끝까지 뉘우치지 않는 이들 말입니다. 그런 모습은 영계에서도 계속됩니다.

종교의 시작은 회개입니다. 더 높은 차원으로 가기 위해서는 우선 자기가 잘못한 것을 뉘우쳐야 합니다. 그래야 마음이 열리고 자신을 우주 질서에 맞출 수 있습니다. 예수님도 처음 가르침을 '회개하라'는 것으로 시작했습니다. 예수님께서 세례 요한이

붙잡힌 이후에 갈릴리에서 처음으로 주신 말씀이 '회개하라! 천국이 가까이 왔다'라는 것이지 않았습니까?

이렇게 우리가 자신을 낮추고 세상을 향해 마음을 열면 그제야 사랑과 지혜의 마음이 자라나기 시작합니다. 이기적인 마음에는 결코 이런 마음이 생기지 않습니다. 그러니 여러분들도 회개할 수 있는 마음을 놓치지 마십시오. 죄짓는 것을 두려워하지 말고 회개하는 마음을 갖지 못하는 것을 안타깝게 생각하시기 바랍니다.

네 번째
이 야 기

비로소,

삶

죽음과 삶의 법칙, 카르마

이 정도면 우리가 몸을 벗은 뒤에 가는 세계에 대해 기초적인 지식은 갖추었을 것입니다. 영계는 고유의 진동수를 지닌 영혼들이 모여 사는 곳이라고 했습니다. 비슷한 진동수를 지닌 영혼들끼리 모여 공동체를 이루고 있습니다. 그런데 당신은 이곳이 매우 중요한 법칙에 의해 운행되고 있다는 사실을 곧 알게 됩니다.

이 영혼의 세계는 물론이고 지상의 세계에 도도히 흐르는 어떤 원리가 있습니다. 카르마 법칙이 그것입니다. 우리 인간은 이 카르마의 법칙을 벗어나지 못합니다. 아니 벗어나려고 할 필요도 없습니다. 왜냐하면 이 법칙은 우리 인간으로 하여금 영적인 진화를 마칠 수 있게 도와주고 있기 때문입니다. 정점을 향해 가는 영혼들이 자신들의 진화를 완벽하게 이루기 위해 존재하는 것이 카르마 법칙입니다.

그러면 이 정점이라는 것이 무엇일까요? 이것은 우리 인간이 사는 궁극적인 목적과 연관되어 있습니다. 우리 인간에게는 보편적으로 성취해야 할 목표가 있습니다. 이것은 세계의 고등종교에서 말하는 것과 같습니다. 우리 인간이 삶을 사는 이유는 자신을 초월해 우리의 본향인 우주의식(혹은 신)과 하나 되기 위해서입니다. 그 이상의 궁극적인 목표는 없습니다.

생명이 단세포에서 시작해 인간의 차원에까지 진화해오는 데에 엄청난 시간이 걸렸습니다. 특히 자기의식(self-consciousness)을 가짐으로써 우리는 동물의 차원을 탈피해 인간이 되었습니다. 자기의식이란 인간만이 갖는 것으로써 '자기가 존재한다는 것을 아는' 의식을 말합니다. 생명이 단세포에서 시작하여 이런 의식을 갖기 위해 우리 지구는 45억 년이라는 세월을 흘려보내야 했습니다. 그러다 약 200만 년 전쯤에 이러한 자기의식을 가진 존재가 지구상에 처음으로 나타났습니다. 이게 바로 인류의 탄생입니다.

인류는 이 자기의식 덕에 자신을 객관적으로 볼 수 있게 되어 온갖 문명의 발전을 이루었습니다. 문명 혹은 문화는 동물들에게서는 결코 발견할 수 없는 것입니다. 그 이유는 그들은 본능에

너무 늦기 전에 들어야 할 죽음학 강의

만 충실한 삶을 살고 있기 때문입니다. 반면 인간에게는 본능과 더불어 이성이라든가 직관과 같은 상위의 능력이 더 있습니다. 우리 인간은 이 능력을 이용해 동물과는 비교할 수 없는 진화를 이룩했습니다. 이것은 모두 인간이 자기의식을 갖고 있었기 때문에 가능한 것이었습니다.

그런데 인간은 이 자기의식 때문에 악과 고통에 빠집니다. 우리는 이 자기의식 때문에 어쩔 수 없이 자기중심적이 됩니다. 쉽게 말해 이기주의자가 된다는 것이지요. 이 때문에 인간은 이기적인 욕망을 갖게 됩니다. 그래서 남들보다 더 많이 가지려 하고 더 높은 곳에 가려고 다른 사람들과 끊임없는 갈등을 만들어냅니다.

인간 세상에 전쟁과 살육과 강탈이 끊이지 않는 것은 이 욕심과 어리석음 때문입니다. 이것들은 모두 이 자기의식이 만들어낸 소산입니다. 이 자기의식 덕분에 우리는 인간이 되었지만 또 이것 때문에 고통의 나락에 빠집니다. 사람이 태생적으로 이렇게 된 것을 기독교에서는 원죄라는 아주 강렬한 단어로 표현하고 있습니다.

그러면 여기서 빠져나오는 방법이 있을까요? 있다면 그것은 무엇일까요? 그 해결책은 아주 간단합니다. 이 자기의식을 초월하면 됩니다. 이것은 말로는 아주 간단합니다마는 실제로 이루기란 세상의 어떤 일보다 힘듭니다. 이것을 이룩한 영혼은 붓다나 예수를 비롯한 극소수의 영혼밖에 없습니다. 그러나 이 일이 아무리 어렵다고 해도 인간은 다른 선택의 여지가 없습니다. 이 일을 성취하기 위해 우리 인간은 그 길이 아무리 험난하고 멀어도 그 길을 가는 수밖에 없습니다. 아니 지금도 모든 인류는 수도 없이 많은 시행착오를 겪으면서 이 길을 가고 있습니다.

카르마 법칙은 인간이 이 일을 수행할 수 있게 도와주는 법칙입니다. 그러니까 우리에게는 아주 유용한 법칙입니다. 아니 그저 유용한 법칙이 아니라 자신의 인생을 완성시키는 데에 없어서는 안 될 가장 중요한 법칙이 카르마 법칙입니다. 그래서 우리는 이 카르마 법칙을 제대로 이해해야 합니다. 그래야 우리 삶을 크게 그리고 전반적으로 확실하게 이해할 수 있습니다.

우리 인간은 살면서 여러 가지 일들을 겪는데 어떤 일은 그 발생 이유가 이해가 되는데 어떤 일은 왜 발생했는지 이해가 안 되는 경우가 있습니다. 사실은 이해가 되는 일보다 이해가 안 되는 일이 더 많을지도 모릅니다. 이런 것을 제대로 이해하려면 카르마를 잘 알아야 합니다. 우린 인생에서 생기는 일은 모두 카르마에 따라 생기기 때문입니다.

그런데 카르마라는 용어가 이것과는 다르게 인식되고 있는 것 같아 조금 안타깝습니다. 이 카르마 법칙은 우리말로 업보설 혹은 인과응보설로 불리는데 이 용어 때문에 우리는 카르마 법칙에 대해 부정적인 생각을 갖고 있는 경우가 많습니다.

흔히 하는 말 가운데에 '내 업보가 이러이러해서 어쩔 수 없었다'고 하는 것이 있는데 이 말에는 체념이 느껴집니다. 아니면 '내가 업장이 두터워서' 혹은 '내가 업보가 더러워서 일이 잘못됐다'라고 하는 사람도 있습니다. 혹은 더 부정적으로 '내가 전생에 무슨 죄(카르마)를 저질렀기에 이런 고통을 받는가' 하는 식으로 말하는 경우도 있습니다.

그런데 앞 문단에서 말한 것들은 모두 카르마 법칙을 잘못 이해한 것입니다. 틀린 말은 아니지만 카르마 법칙을 단편적으로 이해한 것입니다. 카르마 법칙은 결코 부정적인 기운이 아닙니다. 이게 무슨 말인지 지금부터 자세하게 보겠습니다.

진화의 미스터리

❖

선지자들은 이렇게 말합니다. "인생에 벌이란 없다. 다만 경험만이 있을 뿐이다." 이 말은 카르마 혹은 업보를 벌로 생각하는 사람들에게 들려주고 싶은 말입니다.

카르마 법칙이란 어떻게 보면 아주 간단합니다. '작용과 반작용'의 법칙이고 '원인과 결과'의 법칙이기 때문입니다. 이것은 우리가 어떤 일을 하면 그에 대한 반작용이 있고 모든 일에는 원인이 있는 것이니 아주 단순하게 이해할 수 있습니다.

그런데 카르마 법칙은 단순한 인과율은 아닙니다. 인과율에 도덕율이 첨가되어 있기 때문입니다. 이 면에서 카르마 법칙은 과학에서 말하는 단순한 인과관계와 다르다고 할 수 있습니다. 과학적인 인과율만 받아들이는 사람은 카르마 법칙을 받아들이

지 못할 수 있습니다. 이 우주는 차디찬 무정물인데 어떻게 도덕 법칙이 우주에 흐르는 법칙 속에 내재될 수 있느냐고 반문하면서 말입니다.

잘 알려진 것처럼 이 우주에는 물질 사이에 작용하는 기계론적인 인과법칙이 있습니다. 이것은 과학적인 인과율로 누구나가 받아들이고 있습니다. 그런데 이 법칙은 물질계에만 한한다는 것을 잊어서는 안 됩니다. 우리의 의식에도 이 인과율이 적용될 수 있지만 우리의 의식에는 다른 인과율이 적용되어야 합니다. 우리의 의식은 물질보다 차원이 높습니다. 낮은 차원에서 통용되는 것을 우리 의식 같은 높은 차원에 적용하면 안 됩니다. 우리의 의식에는 물질 차원의 인과율을 포함하면서 그보다 더 상위에 있는 인과율을 적용해야 합니다.

그럼 이 의식의 차원에 적용되는 인과율은 무엇일까요? 물론 바로 짐작하셨겠죠? 카르마 법칙입니다. 우리의 의식은 앞에서 말한 대로 모두 한 점으로 향하게 되어 있습니다. 이 점이 모든 인간들이 귀착되는 혹은 귀향하는 종착점입니다. 이 종착점에 다다르면 어떻게 됩니까? 자신을 초월해 '절대의식' 혹은 '우주의식'(전통 용어로는 브라만이나 신)과 하나가 되는 것입니다. 모든 강이나 시내가 결국은 바다로 흘러가 하나가 되듯이 우리도 이 우주의식으로 돌아가 하나가 되는 것입니다.

카르마는 우리가 이 정점을 향해 갈 수 있게 도와주는 법칙이라고 앞에서 말했습니다. 그런데 우리가 이 정점으로 가기 위해서는 해야 할 일들이 있습니다. 우선 우리 인간은 도덕을 지켜야 합니다. 도덕은 가장 기본적인 것입니다. 도덕 없이는 우리 인류는 어떠한 초월적인 경지에도 갈 수 없습니다. 그래서 카르마 법칙을 도덕율이라고도 하는 것입니다.

우리가 거짓말을 하고 남을 괴롭히면서 자신을 초월할 수는 없는 일입니다. 이런 일들은 모두 지극히 자기중심적인 사고에서 나온 것입니다. 따라서 이런 일을 하면 우리의 자아가 더 강고해집니다. 자기 안에 갇힌다는 이야기이지요. 이렇게 되면 더 자신에 대해 충실하려고 하기 때문에 다른 사람들을 배려하지 않게 됩니다. 모든 사람들이 이렇게 산다면 그런 곳은 지옥이 되겠지요. 그러면 자아 초월이고 무엇이고 어느 것도 할 수 없습니다.

그래서 카르마는 개인이 그렇게 살면 바로 경고를 보냅니다. 다시 말해 이기적인 행동이나 사악한 행동을 하면 카르마는 작동하기 시작해 그의 삶에 고통을 안겨줍니다. 그러나 이 고통은 벌로서 주는 것이 아니고 본래의 길로 되돌아오라는 사랑의 사인(sign) 정도로 보는 게 더 정확할 것입니다.

그러나 만일 당신이 충분히 다른 사람을 배려하면서 살고 있다면 굳이 카르마가 작동하지는 않습니다. 왜냐하면 당신은 자연의 순리대로 살고 있기 때문입니다. 그러나 그 좋은 기운은 당신의 깊은 무의식에 저장되고 때가 되면 더 좋은 기운으로 발현하게 될 것입니다. 더 좋은 인연을 만날 수 있으니 시너지 효과가 나는 것입니다.

어떻게 작동하는가?

❖

　앞에서도 여러 번 거론했습니다마는 우리가 하는 모든 생각이나 말, 행동은 우리의 영혼 속에 저장됩니다. 아무리 사소하게 보이는 생각도 영혼 안에 씨앗의 형태로 저장된다는 것입니다. 그러다 그 씨앗과 공명하는 사건이 생기면 그 씨앗이 발현되어 현실에 사건으로 나타나게 됩니다.

　우리의 삶에는 우리가 의도하지 않았던 사건들이 자주 생깁니다. 갑자기 내가 예기치 않았던 불행한 사고를 당하는가 하면 어떤 때는 갑자기 좋은 일이 생기기도 합니다. 이것들은 너무나 갑자기 생긴 사건들이라 우발적으로 보입니다. 그래서 우연으로 생각하기 쉽습니다. 그러나 세상에 우연은 없습니다. 모든 것에는 원인이 있기 때문입니다.

물론 시간을 이번 생에만 한정해서 보면 이 사건들이 우연으로 보일 수 있습니다. 설명할 수 없으니 그냥 우연으로 돌리는 것이지요. 그러나 과거 생 전부로 우리의 시야를 확대해서 보면 사정이 달라질 겁니다. 어떤 과거 생인지 모르지만 분명 당신은 이 사건을 생기게끔 하는 씨앗을 심어두었던 것이 틀림없습니다. 이런 과거의 생각이나 행동이 당신의 의식 안에 잠재되어 있다가 이번 생에 외적으로 발현될 수 있는 기회를 만나 특정한 사건으로 발생한 것입니다.

이것이 무슨 말인지 알기 위해 재미있으면서도 극적인 예를 하나 들어보겠습니다. 어떤 이가 복권을 샀다가 1등으로 당첨되어 수억 원의 돈을 손에 넣었다고 합시다. 이 사건만 보면 도무지 설명이 안 됩니다. 인과관계가 전혀 없이 갑자기 생긴 사건이니 말입니다. 그래서 사람들은 그저 우연으로 그렇게 되었다고 할 뿐 다른 어떤 설명도 하지 못합니다.

그러나 카르마적으로 보면 이런 설명이 가능합니다. 이것은 있을 수 있는 많은 설명 중에 하나일 뿐 꼭 그렇다는 것은 아닙니다. 그 사람의 카르마를 조사해보면, 수많은 전생 중에 언젠가 누구에게 큰돈을 빌려주었다가 받지 못한 경우가 나올 수 있습니다. 이번 생에 와서 어떻게 연이 닿은 것인지는 잘 알 수 없지만 그때 못 받은 돈을 돌려받을 수 있는 인연이 생겨 복권 당첨 형태로 나타났다는 것이지요.

실제로 전생요법(past life therapy)을 해본 사람들의 이야기도 이와 비슷합니다. 전생요법이란 사람의 심리 상태를 고치는 데에 전생을 활용하는 치료법입니다. 어떻게 치료하는 것일까요? 어떤 사건으로 어떤 사람이 아주 힘들게 살고 있을 때 이 사람을 전생으로 돌아가게 해 그 사건이 왜 생기게 됐는가를 알아보는 것입니다. 물론 최면을 통해 전생을 알아보게 됩니다.

그러면 이처럼 자신이 이해할 수 없는 사건에는 반드시 전생에 그 사건을 생기게끔 하는 일이 있었다는 사실을 알게 됩니다. 그래서 이 당사자는 과거의 그 사건을 이해하게 되면 지금 여기서 겪는 고통에서 빠져나올 수 있게 됩니다.

좀 어려워졌지요? 예를 들어보면 금방 이해할 수 있습니다. 가령 어떤 사람이 동생 때문에 아주 힘들어한다고 합시다. 왜냐면 동생이 자기에게서 돈을 너무 자주 뜯어가기 때문입니다. 돈도 아깝고 동생도 미워 삶이 지긋지긋합니다. 동생만 보면 울화가 치밉니다. 그래서 심리상담사를 찾았습니다. 상담사는 이 사람에게 전생요법을 써보기로 작정합니다.

최면을 해보니 이 사람이 전생 어느 때인가에 이 동생으로 추정되는 사람에게서 큰돈을 빌린 적이 있었다는 최면 증언이 나옵니다. 그런데 그때 그 돈을 갚지 않았던 것입니다. 이 증언이 사실인지 아닌지는 모르겠지만 그 사람은 그때부터 비로소 동생을 미워하는 마음에서 해방될 수 있었습니다.

왜 그럴 수 있었을까요? 동생에게 돈을 아무 이유 없이 뺏기는 것이 아니라 빌린 돈을 갚는 것이기 때문입니다. 그때부터는 동생이 돈을 달라고 할 때 기꺼이 줄 수 있습니다. 그런데 더 재미있는 것은 당사자가 그렇게 좋은 낯으로 돈을 주니 동생도 요구하는 금액이 적어지고 횟수도 줄어들게 되었다는 것입니다. 그렇게 얼마간을 지나니 두 사람의 관계가 두루 편안해졌습니다.

전생요법을 통해 이 사람은 동생과의 관계에서 생기는 고통에서 해방될 수 있었습니다. 여기서 재미있는 것은 이 요법을 쓴다고 해서 전생의 존재를 반드시 인정한다는 것은 아니라는 점입니다. 아니 외려 전생의 존재에 대해서는 그다지 관심이 없습니다.

이 요법을 쓰는 사람들이 관심을 갖는 점은 이 요법으로 사람을 고칠 수 있느냐 없느냐 하는 것뿐입니다. 사실 병만 고칠 수 있으면 되는 것이지 다른 도그마를 강요할 필요는 없겠지요. 이것은 합리적이고 냉정한 태도로 보입니다. 그래서 이런 요법을 쓰는 사람들은 겉으로는 대놓고 전생이 존재한다고 하지는 않습니다. 그렇지만 심정적으로는 모두 전생을 인정하고 있을 겁니다.

모든 삶에는 이유가 있다

❖

카르마는 우리에게 우주의 법칙에 맞추어 살 것을 권면합니다. 그러나 만일 우리가 그 궤도에서 일탈하면 고통을 선사합니다. 그리고 그 영혼이 깨달을 때까지 계속해서 고통을 겪게 합니다. 이것을 조금 다르게 보면 나에게 고통을 주는 것은 카르마가 아니라고 할 수 있습니다. 내가 정도에 벗어나는 일을 했기 때문에 내 자신에게 스스로 고통을 주는 것이지요.

이것은 우리 몸에 병이 생겨 고통을 겪는 것과 똑같다고 했습니다. 우리 몸에 병이 생기는 이유가 무엇입니까? 그것은 우리가 '자연'스럽게 살지 않았기 때문입니다. 그러니까 병의 발생이란 우리가 자연이나 우주의 법도에 맞지 않게 살았다는 것을 뜻한다는 것입니다. 너무 많이 먹었던지, 너무 몸의 일부만 많이 썼던지 하는 식으로 삶의 균형을 깨트리고 살게 되면 몸에 내재되어 있는 자연의 법칙이 작동해 우리에게 고통을 줍니다. 그게 바로 병인 것입니다. 병이 생긴 게 잘못된 것이 아니라 우리가 잘못되었기 때문에 병이 생긴 것입니다.

그런데 만일 질환이 생기지 않으면 우리가 잘못된 줄 모르고 그냥 살다가 죽음을 맞이하게 될 수도 있습니다. 그러니 병이 얼마나 고마운 존재입니까? 게다가 병은 우리에게 고통만 선사하는 것이 아니라 증상 자체에 치유를 동반합니다. 병이 생겼을 때 그 증상은 이미 치유가 시작된 것을 알려주는 것이기 때문입니다.

예를 들어 외부에서 균이 우리 몸에 침투하면 열이 갑자기 올라 아주 괴롭습니다. 그런데 체온이 오르는 이유가 무엇입니까? 밖에서 들어온 병균과 싸우기 위해 몸이 알아서 체온을 올리는 것 아닙니까? 열이 올라야 우리 피 안에 백혈구가 많이 생기니 백혈구를 만들 수 있는 조건을 조성하고자 우리 몸이 알아서 열을 올리는 것입니다.

카르마 법칙도 이와 똑같습니다. 어떤 카르마 때문에 큰 고통이 따르면 절대로 그 카르마를 대적하려고 하지 마십시오. 그 카르마와 그 인과는 여러분들을 구하러 온 원군인데 왜 뻗대고 싸우려 합니까? 다시 말해 '왜 나한테만 이런 억울한 일이 생길 수 있어? 이건 공평치 못해' 하면서 불평을 토로하지 말라는 것입니다. 혹은 '이 세상에 나보다 더 불행한 사람이 있을까? 내 고통은 아무도 모를 거야' 하는 식으로 어줍지 않은 생각을 하지 말라는 것입니다.

이런 식으로 무조건 부정적인 시각으로 접근한다면 당신은 이 문제를 해결하지 않겠다는 것과 다름없습니다. 이보다는 어떤 일이든 모든 일에는 원인이 있으니 그 원인을 알아보려 노력하고 문제를 근원적으로 해결하려고 노력해야 합니다. 이렇게 하는 게 아무리 어렵더라도 이런 방향으로 해결해야 합니다. 불만이나 무시 등으로는 이 어려운 문제를 해결할 수 없기 때문입니다.

지금 나에게 문제가 생긴 것을 인정하지 않고 버틴다면 문제의 해결에 하등의 도움이 되지 않는다고 했습니다. 만일 그런 식으로 불평만 하다가 그 사건의 인과율이나 의미에 대해 충분히 생각하지 않고 그냥 넘겨버리면 그 숙제는 다음에 다른 형태로 다시 옵니다. 이것은 절대로 그냥 지나가는 법이 없습니다. 이게 카르마 법칙의 무서운 점입니다. 이런 문제가 풀려야 인간의 영혼은 다음 단계로 진화할 수 있기 때문에 어쩔 수 없는 일입니다.

아니 그렇지 않습니까? 자신이 이전에 잘못한 일을 어떻게 그냥 지나칠 수 있겠습니까? 그것이 어떤 형태로든 풀려야 다음 단계로 갈 수 있지 그냥 뛰어넘어갈 수는 없는 것 아니겠습니까? 예를 들어 내가 어떤 전생에 어떤 사람을 죽였다면 그런 악행이 그냥 지나갈 수 있다고 보십니까?

살인이라는 것은 엄청난 악행인데 그게 아무 일도 없던 것처럼 그냥 지나갈 수 있을까요? 이런 사람들은 빠르면 금생에, 늦어도 내생 언젠가는 똑같은 사건, 즉 피살되는 사건을 겪을 수 있고 그렇지 않다면 그에 필적하는 나쁜 일을 당할 수 있습니다. 이것은 사람마다 다르기 때문에 일률적으로 말할 수는 없습니다.

나에게 안 좋은 일이 생겼을 때 다른 사람 탓만 하고 세상 탓으로 돌리기만 하면 자신을 성찰할 수 있는 기회를 놓치게 됩니다. 그러면 카르마가 더 쌓여 나중에 그 문제를 풀 때 더 힘들어집니다. 이때 원망이나 보복으로 자신이 당한 나쁜 카르마에 대항한다면 더 악화됩니다. 그러한 행위는 여러분의 내면세계에 생긴 불균형을 잡으려는 카르마의 시도를 무산시키기 때문입니다.

그 정도가 아닙니다. 자신이 처한 불행을 원망하는 것으로 그칠 때보다 훨씬 더 안 좋은 결과가 생길 수도 있습니다. 자신의 처지를 원망하는 것은 소극적인 태도라 후에 아주 나쁜 일이 생기지는 않습니다. 그러나 보복을 가해 다시금 상대방을 해한다면 나중에 다시 받는 과보는 훨씬 더 커집니다. 이것은 마치 눈덩이를 굴리면 더 커지는 것과 같습니다.

생각해보십시오. 당신이 어떤 나쁜 일을 당했다면 그것은 전생 언젠가 그에 상응하는 나쁜 일을 한 것을 의미합니다. 그럴 때 이 시점에서 당신이 그 인연을 쉬면 그 카르마는 소멸됩니다. 이것도 물론 쉬운 일은 아니겠지요. 그러나 다른 수가 없습니다. 지금 해결하지 않으면 일이 더 심각해집니다. 언제나 지금이 가장 좋은 상태이기 때문입니다.

지금 상태가 아무리 좋지 않더라도 지금은 항상 최고의 순간입니다. 지금 나는 힘들고 괴로워 죽겠는데 지금이 최고의 순간이라고 하니 당황하셨지요? 이런 생경한 생각도 카르마의 원리에 따라 보면 충분히 이해할 수 있습니다. 이제 그것을 보려 합니다.

바로 지금이 최고의 순간

우리 인간은 전부 제각기 다른 상태에서 살고 있습니다. 그런데 자기가 처한 상태 혹은 상황에 대해 아무 조건 없이 감사하며 사는 사람이 몇이나 될까요? 대부분은 내가 처한 상황이 그다지 좋지 못하다고 생각합니다. '왜 나는 이런 가난한 집에 태어났지?'라든가 '왜 나는 키가 이렇게 작을까?', '왜 나는 할 줄 아는 게 하나도 없을까?' 등등으로 말입니다. 또 앞에서 본 것처럼 '왜 내게 이런 불행한 일이 생길까' 하면서 주변에 일어난 사건에 대해 큰 불만을 갖습니다.

그런데 카르마의 원리로 해석해보면 지금의 내 상태는 지금까지 있었던 어떤 상태보다 좋은, 아니 최고의 상태라 할 수 있습니다. 왜냐하면 카르마가 우리로 하여금 문제를 풀 수 있는 최적의 상황을 만들어냈기 때문입니다. 우리가 어떤 상태에 있든, 어떤 사건을 만나든 그것은 우리를 영적으로 고양시켜줄 수 있는 최고의 상황입니다.

우리는 이 상황과 상태가 아니면 더 진화할 수 없습니다. 그래서 불교나 기독교 같은 고등종교에서 매 순간 감사하면서 살라고 가르치는 것입니다. 이것은 카르마 법칙이 내게 큰 기회와 자비를 주었으니 감사하지 않을 수 없다는 것입니다. 그렇다고 현실에 안주하고 아무것도 하지 말라는 것은 결코 아닙니다. 앞에서 말한 것처럼 우리는 지금 나에게 고통을 주는 원인이 무엇인지 성찰하고 그것을 해결하기 위해 끊임없이 노력해야 합니다.

물론 자신에게 부과된 카르마가 어떤 것인가를 정확하게 아는 것은 보통 사람에게는 대단히 힘든 일입니다. 아니, 이것은 대단한 수준에 가 있는 현자에게도 쉽지 않은 일입니다. 왜 그렇겠습니까? 우리 모두는 지금까지 그 시작을 모르는 언젠가부터 엄청난 횟수로 환생을 거듭해왔습니다. 그게 수백 생이 될지 수천 생이 될지는 아무도 모릅니다. 아니, 인간으로 진화하기 이전의 상태까지 포함하면 지금 이 시점까지 진화해온 시간의 길이나 그 변화된 양상은 인간의 능력으로서는 계산하거나 파악할 수 없을지도 모릅니다.

그 긴 시간 동안 우리는 얼마나 많은 생각을 하고 얼마나 다양한 행동을 했겠습니까? 그것은 모두 우리의 의식 안에 씨앗처럼 저장되어 있다고 했습니다. 이렇게 저장되어 있다가 자신의 차례가 되면 자연스럽게 발아하는 것입니다. 말하자면 사건이 생기는 것이지요.

그런데 한 사건이 일어날 때 그 사건이 생기게끔 만드는 카르마적 요인은 사건마다 달라 일률적으로 말하기 힘듭니다. 어떤 사건은 이전에 있었던 굵직한 한 사건이 일으킬 수 있고 또 어떤 사건은 이전의 수많은 카르마적 요인들이 한데 뭉쳐 아주 복합적인 사건을 만들 수도 있습니다.

그래서 그 많은 카르마적 요인들이 어떤 식으로 조합되어 어떤 결과를 만들어냈는지를 아는 것이 대단히 힘들다고 하는 것입니다. 이것은 현생의 우리의 인격에도 적용됩니다. 이번 생에 갖고 태어난 우리의 인격은 직전 전생의 것을 그대로 이어받은 것이 아닐 수 있습니다. 그러니까 지금의 나와 직전 생의 나를 연속체로 보면 안 된다는 것이지요.

한 생의 인격이 형성되는 데에는 물론 가장 영향을 많이 준 과거 생이 있을 수 있지만 그 외에 다른 여러 생에서 형성되었던 인격들도 영향을 줄 수 있습니다. 그래서 어떤 과거 생의 인격들이 어떻게 조합되어 이번 생의 내 인격을 만들어냈는지 알기란 어렵습니다.

따라서 카르마의 전모를 아는 것은 불가능할 수 있습니다. 그러나 카르마가 작동하는 기본 원리는 알려져 있습니다. 우리는 이 기본 원리부터 학습해야 합니다. 카르마가 조합되는 양상이 아무리 복잡하다 해도 여기서 벗어나지는 않기 때문입니다.

이 기본 원리를 알아내기 위해 끊임없이 공부해야 합니다. 그래야 이 카르마 법칙에서 해방될 수 있습니다. 그런데 이 '해방'이라는 단어에는 어폐가 있습니다. 해방보다는 '적응' 혹은 '운용'이라는 단어가 더 잘 어울리겠습니다. 한 마디로 말해 이 카르마의 원리를 알아야 내 인생을 이해할 수 있다는 것입니다.

사족으로 덧붙인다면 이 원리를 아는 것은 본인에게 가장 큰 도움이 됩니다. 왜냐하면 다소 생경한 이야기이지만, 카르마 원리에 대한 이해는 환생의 횟수를 줄여줄 수 있기 때문입니다. 우리 인간은 앞에서 말한 인간 진화의 정점으로 가기 위해 거듭 환생합니다.

그런데 이 환생의 체험은 결코 쉬운 것이 아닙니다. 아니, 고통스럽기 짝이 없습니다. 이 지상에서의 삶은 어쩔 수 없이 힘듭니다. 힘들어도 너무 힘듭니다. 이 세상을 살면서 정말 즐겁고 행복하다고 하는 사람이 몇이나 될까요? 그런 사람이 있다면 그것은 대단한 경지에 오른 사람입니다. 우리 대부분은 그렇지 않습니다.

너무 늦기 전에 들어야 할 죽음학 강의

이 세상에 태어나는 것이 오죽 힘들었으면 옛날 인도의 수행자들은 "다음 생에 태어나야 한다면 차라리 모기로 태어나고 싶다"라고 했겠습니까? 그리고 불교의 교리 중 가장 먼저 나오는 것이 바로 "인생은 괴롭다"입니다. 얼마나 이 인생이 힘들었으면 불교처럼 큰 종교의 교리가 '인생은 고(苦)다'라는 교리로 시작했겠습니까?

후에 불교의 교리가 발전하여 '공'이니 '유식'이니 하는 대단히 복잡한 교리가 많이 나왔지만 불교 교리의 시작은 다름 아닌 '삶은 괴롭다'입니다. 이렇게 힘든 인생이니 당연히 다시 태어나지 않는 것이 좋을 테지요. 그러나 본인의 진화를 위해 태어나지 않을 수는 없습니다.

여기서 우리가 행할 수 있는 최소한의 자유는 다시 태어나는 횟수를 줄이는 것입니다. 이 지상에 태어나는 것은 카르마 법칙을 완전히 터득하기 위해서입니다. 이 법칙을 완벽하게 알아 이 법칙이 제시하는 대로만 살면 지상에 오지 않아도 됩니다.

이게 무슨 말일까요? 카르마 법칙이 어떻게 운용되는지에 대해 제대로 공부한다면 시행착오를 줄일 수 있다는 것입니다. 그러면 지상에 오는 횟수를 줄일 수 있습니다. 똑같은 잘못을 계속해서 반복하면 그것을 고치기 위해 자꾸 다시 이 지상에 올 수밖에 없습니다. 이런 이야기는 사람이 한 생만 산다고 생각하는 사람들에게는 아주 생소하게 들릴 것입니다. 부탁컨대 이 이야기가 생경하다고 단번에 물리치지 마시고 다시 한 번 생각해주시기 바랍니다.

이제 카르마가 어떻게 작동하는지 알아볼 시간이 다가왔습니다. 카르마에 대한 지식은 우리에게 인생을 더 포괄적으로 보게 해주고 우리를 자유롭게 만듭니다. 이번 한 생만 보면 잘 풀리지 않은 문제들에 대한 답도 얻을 수 있습니다. 확실한 답이 아니더라도 꽤 사실에 가까운 답을 얻을 수 있습니다. 이렇게 지혜가 쌓일수록 우리는 덜 집착하게 되고 그만큼 자유를 얻게 됩니다.

이미 결정되어 있다고?

❖

카르마 법칙에 대한 가장 큰 오해는 '카르마 법칙은 결정론이다'라는 것입니다. 다시 말해 카르마 법칙은 인생의 모든 일이 숙명처럼 결정되어 있으니 인간이 할 수 있는 일은 없다는 것을 주장하는 법칙이라는 것입니다. 그러니 카르마 법칙을 따르면 인간의 자유의지는 의미가 없다는 결론에 도달할 수 있습니다.

물론 카르마 법칙은 결정론처럼 보입니다. 그러나 카르마 법칙은 결정론보다 훨씬 더 큰 원리입니다. 카르마 법칙은 인과론입니다. 결정론은 모든 것이 결정되어 있다고 주장하는 이론이라고 했습니다. 이에 대해 카르마 법칙은 모든 것이 결정되어 있다고는 하지 않습니다. 단지 모든 일이나 사건에는 원인이 있다고만 말합니다.

분명 모든 결과에는 원인이 있습니다. 그런 의미에서 결정론이 맞습니다. 원인이 결과를 만들어내니까요. 그런데 어떤 원인이 다른 원인들과 어떻게 조합해 어떤 결과를 만들어낼지를 아는 것은 대단히 어려운 이야기입니다. 여기에는 아주 간단한 사건부터 아주 복잡한 사건까지 엄청나게 다양한 경우의 수가 존재합니다.

예를 들어 당구공 하나가 다른 하나를 맞출 때 그 당구공이 어디로 어떻게 가는가를 예측하는 것은 쉽습니다. 그런데 '나인볼'을 처음 시작할 때처럼 하나의 공으로 한데 모여져 있는 여러 공을 동시에 맞추면 그 여러 공들이 어디로 어떻게 흩어지는지는 쉽게 알 수 없습니다. 이처럼 물질계에서도 조금 복잡해지면 예측하는 것이 조금씩 어려워집니다.

그래도 물질계의 법칙은 계산할 엄두라도 낼 수 있습니다. 그래서 뉴턴 식의 방정식으로 이 자연과 우주의 움직임을 설명할 수 있습니다. 그러나 차원이 높아지면 인과관계를 예측하는 일이 더욱더 어려워집니다. 특히나 인간의 감정이나 의지, 사고가 관여하게 되면 그 복잡함은 상상을 불허합니다.

결과를 예측하는 일이 복잡하다고는 하지만 전혀 알 수 없는 것은 아닙니다. 왜냐하면 우리가 태어날 때 이번 생에서 겪게 되는 거의 대부분의 사건은 이미 결정된 상태로 오기 때문입니다.

예를 들어 어떤 부모 밑에 태어날지, 배우자나 자녀는 누가 될지, 무슨 직업을 가질지, 어떤 사건이나 사고를 당할지, 언제 이번 생을 다할지 등등이 다 결정되어 온다는 것입니다.

우리는 이런 것을 알지 못합니다마는 일정한 영능력을 가진 사람들은 읽어냅니다. 이 사람들이 무슨 대단한 능력을 갖고 있어 할 수 있는 것이 아닙니다. 단지 우리의 무의식 속에 저장되어 있는 정보들을 끌어내 읽는 것입니다.

이번 생에 전개될 여러 사건들은 이미 우리의 무의식에 저장되어 있으니 이 사람들이 그것을 읽어내는 것뿐입니다. 사실 우리도 이런 능력이 있습니다. 인간이면 누구나 이러한 능력을 갖고 있습니다. 다만 우리 마음이 깨끗하지 못해 때가 많이 끼어 있어 읽어내지 못하는 것뿐입니다.

이렇게 다 결정되어 있다면 우리의 자유의지는 또 무엇이냐고 묻는 사람들이 있습니다. 다 결정되어 있다면 자유의지는 쓸모없는 것이 아니냐는 것입니다. 이런 사람들에게는 이렇게 되물을 수 있습니다. 이전에 자신이 사건이 이렇게 생기도록 만들어 놓고 이제 와서 자유의지를 이야기하면 어떻게 하느냐고 말입니다. 자유의지는 아무 때나 자기 마음대로 사용할 수 있는 것이 아닙니다.

일단 어떤 사건이 생기는 것으로 결정되어 있으면 그것은 피할 수 없습니다. 조금 연기를 시킨다거나 여파를 조금 약하게 할 수 있을지는 몰라도 결정된 것은 피할 수 없습니다. 우리는 살다 보면 이런 일들을 많이 겪게 됩니다. 만날 사람은 아무리 피해도 어떻게 해서든 '만나지고' 꼭 만나고 싶은데 인연이 안 되는 사람은 절대로 못 만나는 그런 경우 말입니다. 연애를 할 때에도 이 사람과 분명 결혼하겠다고 철석같이 믿었는데 배우자 인연은 딴 사람이 되는 경우를 보지 않았습니까?

그래서 지혜가 밝은 사람은 자신의 인연이나 카르마가 어떤 것인지 잘 살핍니다. 그리고 어떤 한 사건을 두고 여기에 자기의 자유의지가 얼마나 개입될 수 있을지를 주밀하게 계산해봅니다. 그것은 사건 사건마다 다르기 때문에 면밀하고 주의 깊게 따지지 않으면 잘 알 수 없습니다. 그래서 피할 수 없는 일 혹은 사건이라고 판단하면 아무리 힘들어도 기꺼이 맞이합니다.

이것이 자유의지가 작동될 수 있는 부분입니다. 자유의지가 있다고 우리가 일어날 사건을 마음대로 주무를 수 있는 것이 아닙니다. 우리는 자유의지를 사용해 일어나게 되어 있는 사건을 기꺼이 맞이할 수도 있고 뻗댈 수도 있습니다. 이때 사람에 따라 대응 방법이 달라지는 것이지요.

이번 생에 반드시 일어날 사건 가운데 그다지 좋지 않은 사건이 발생하면 지혜로운 사람은 그것을 기꺼이 받아들이지만 어리석은 사람은 거역하려 하거나 피하려고 온갖 수를 다 씁니다. 이런 태도는 우리가 자유의지를 갖고 있기 때문에 가능한 것입니다. 그러나 우리가 자유의지를 갖고 있다 해도 발생해야만 하는 사건을 막을 수는 없습니다.

비유적으로 말하면 지혜로운 사람은 카르마의 법칙이 도도하게 흐르는 인생의 강을 거슬리지 않고 같이 흘러가는 사람이라 할 수 있습니다. 그리고 자신의 카르마가 어떻게 흘러가는지 관조합니다. 반면 어리석은 사람은 공연히 이 도도한 카르마의 흐름을 거스르겠다고 온갖 방법을 다 씁니다.

그런데 이렇게 무리수를 두게 되면 또 다른 카르마가 형성됩니다. 만들어진 카르마는 나중에 또 해소해야 합니다. 그래서 이것은 업의 소멸이 아니라 외려 업장이 두터워지는 결과를 낳게 됩니다. 이렇게 하면 카르마가 구르는 눈덩이처럼 더 커질 텐데 대부분의 우리는 이런 식으로 살고 있어 안타깝기 그지없습니다.

여담이지만 이렇게 우리 인생에서 많은 것이 결정되어 있다는 주장은 서양의 심리학자들이 강력하게 반대하는 바였습니다. 특히 우리의 성격이 태어날 때, 혹은 아주 초기에 결정된다는 주장에 대해 그들은 거의 동의하지 않았습니다.

그들의 생각을 이해하지 못할 바는 아닙니다. 그들이 주장하

205

는 것처럼, 우리의 성격은 후천적으로 형성되는 것이지 선천적인 것을 그대로 잇는 것이 아니라는 주장은 분명 많은 일리를 갖고 있습니다. 사실이지 성격은 흡사 후천적으로 형성되는 것처럼 보입니다.

그런데 서양의 유력한 정신분석학자들 가운데에 우리의 성격이 태어날 때 이미 결정된 대로 성장한다고 주장하는 사람이 나오고 있습니다. 카르마 법칙의 입장에서 보면 이것은 당연하다 하겠는데 서양 학문에서도 같은 이야기를 하니 신기할 따름입니다. 어떻든 이렇게 중요한 카르마 법칙이 구체적으로 어떻게 운용되는지 이제 그 대강의 실체를 보도록 하겠습니다.

생을 넘나드는 법칙

♦

이렇게 중요한 카르마가 과연 언제 어떻게 시작했을까요? 이 것은 참으로 알아내기가 힘든 문제입니다. 그러나 추측컨대 약 200만 년 전에 이 지구상에 인간이 생길 때부터 이 카르마 법칙 이 돌아가기 시작했을 겁니다. 이 지구에 동물만 있을 때에는 카 르마 법칙이 굳이 필요 없었습니다.

왜냐하면 동물에게는 자기의식이 없어 모든 것을 자연적인 법 칙에 맞게 행동하기 때문입니다. 동물들은 무리를 한다거나 한 계를 넘는 법이 없습니다. 그저 본능에 충실할 뿐입니다. 예를 들어 동물은 아무리 맛있는 먹이가 눈앞에 있어도 배가 고프지 않으면 잡지 않습니다. 인간처럼 잡아다가 저장해놓고 혼자만 먹는 그런 짓을 하지 않습니다. 이것은 인간이 태생적으로 갖고 있는 자기중심적 사고가 없기 때문입니다. 사정이 이러하니 동물에게는 카르마 법칙이 개입해 바로 잡아줄 필요가 없습니다.

게다가 동물은 윤리의식도 갖고 있지 않습니다. 자기의식이 없으니 윤리가 있을 수 없습니다. 그런데 카르마 법칙은 도덕률이라고 했습니다. 동물들은 인간과 달리 도덕을 지켜 더 진화할 일이 없습니다. 그러니 카르마 법칙이 필요 없는 것입니다. 이렇게 보면 카르마 법칙은 인간이 자기의식을 가지면서부터 시작된 것으로 추측됩니다. 그러나 처음에 과연 어떻게 시작됐는지는 잘 모릅니다.

카르마의 첫 번째 속성은 연속성이라 하겠습니다. 우리의 생각과 행동이 카르마 법칙과 무관하거나 어긋나지 않으면 그런 생각과 행동은 계속되는 경향이 있습니다. 그래서 이런 것들은 생을 넘나들면서 지속됩니다. 다시 말해 사람의 능력이나 성격의 특징은 환생을 할 때에 다음 생에서도 계속해서 유지된다는 것입니다.

예를 들어 어떤 사람이 내향적인데 그것이 카르마의 법칙에 위배되는 것이 아니라면 그러한 성격적 특성은 다음 생에도 계속될 수 있습니다. 그러나 지나치게 내향적이라 그런 성향이 그 사람의 영적 진화에 걸림돌이 된다면 그럴 때에는 카르마 법칙이 어떤 방식으로든 간섭할 수도 있겠습니다.

그런가 하면 그 사람이 인종이나 종교, 성 등에 가졌던 사회적인 태도도 카르마 법칙에 위배되는 것이 아니라면 다음 생에도 지속된다고 합니다. 그러나 만일 인종 차별을 한다거나 배타적인 종교관을 가질 경우, 혹은 성차별적인 견해나 태도를 갖는다면 어떤 식으로든 카르마 법칙이 관여해 그들의 태도를 바꾸려고 할 것입니다.

이런 관점에서 보면 잘 설명할 수 없는 일들이 설명될 수도 있습니다. 사실 우리 주위의 사람들을 보면 만일 우리가 여러 생을 살지 않는다면 설명이 잘 안 되는 그런 사람들이 많이 있습니다. 비근한 예를 들어볼까요? 가령 모차르트 같은 사람을 어떻게 한 생만 가지고 설명할 수 있겠습니까? 어떻게 그 사람은 태어나면서부터 음악을 작곡할 수 있다는 말입니까? 그리고 불과 30여 년밖에 안 살았는데 어떻게 그렇게 많은 곡을 작곡할 수 있었을까요? 그 곡들도 그저 평범한 곡이 아니라 하나같이 주옥같은 명곡들입니다. 그가 천재적인 능력을 갖게 된 것은 분명히 다생 동안 노력한 결과일 것입니다.

그런 천재들을 찾기 위해 굳이 멀리 갈 것도 없습니다. 우리 곁에도 그런 천재들이 많지요? 바둑 천재였던 이창호 같은 사람도 그렇지 않습니까? 어떻게 어려서부터 바둑을 그렇게 잘 둘 수 있을까요? 이창호 기사처럼 아주 어려서부터 어떤 분야에 특별한 재능을 과시하는 사람들이 우리 주위에는 많이 있습니다.

이것은 이런 사람들이 자기의 재주를 발전시키기 위해 수많은 생 동안 비상한 노력을 기울인 결과라고밖에는 다른 설명이 가능하지 않을 겁니다. 우리가 이번 생의 결과만 보고 그들을 천재라고 하지만 그도 처음에는 그 분야에서 다른 사람과 다르지 않았을 겁니다. 다만 다른 것은 그가 많은 생 동안 엄청난 노력을 했다는 것 아닐까요?

이런 특별한 사람들을 보면 분명 카르마 법칙이 존재하는 것처럼 생각됩니다. 그 이유에 대해서는 앞에서 이야기했습니다. 그런데 가만히 생각해보면 카르마 법칙이 존재한다는 것을 알기 위해 굳이 이렇게 특별한 사람들을 볼 필요도 없을 것 같습니다. 왜냐하면 자신의 형제자매들만 보아도 쉽게 알 수 있기 때문입니다.

생각해보십시오. 형제나 자매는 이 세상에 같은 배를 통해 태어난 가장 가까운 사이라 할 수 있습니다. 피를 나눈 사이이니 얼마나 가깝겠습니까? 그런데 이들도 여러 가지 면에서 아주 다른 것이 많습니다. 외모도 다 다르지만 성격도 판이하게 다릅니다. 어떤 경우에는 같은 부모 밑에 태어났다는 것을 의심할 정도로 다릅니다(물론 비슷한 경우도 많습니다만).

그런데 제일 다른 것은 각각의 인생행로입니다. 어떤 남매는 부자가 되거나 사회적으로 저명한 사람이 되는데 어떤 형제는 알코올중독자가 되어 교도소를 들락거립니다. 같은 부모 밑에 태어나 같은 집에서 자랐는데 왜 형제자매들의 삶이 이렇게 달라지는 것일까요? 물론 후천적인 요인으로 많은 것을 설명할 수 있지만 그 다름의 결정적인 원인은 카르마라고 할 수 있을 것입니다. 카르마가 다르니 같은 부모 밑에 있으면서도 삶이 다른 식으로 전개되어 나가는 것입니다.

카르마의 속성을 보다가 이야기가 조금 옆으로 샜습니다. 카르마 법칙은 생을 넘나들면서 작용하기 때문에 쉽게 파악이 안 됩니다. 그래서 그 존재 여부를 알 수 있게끔 만들어주는 간접적인 증거들을 살펴볼 필요가 자꾸 생깁니다. 여기서는 같은 부모 밑에 태어났음에도 불구하고 인생이 사뭇 다르게 전개되는 형제자매들을 가지고 카르마의 실재를 확인해보려 했습니다. 그럼 다시 카르마의 속성을 공부하는 것으로 돌아가보지요.

'눈에는 눈, 이에는 이'

앞에서 잠깐 본 카르마의 연속성적인 면은 크게 걱정할 거리가 아닙니다. 다만 내 자신이 이번 생에 어떤 속성이나 재능을 갖고 태어났는지를 알려 할 때 유용한 것이겠지요. 걱정할 필요가 없다는 것은, 이러한 면은 우리가 영적으로 발전하는 데에 방해하지 않기 때문입니다. 순기능을 하고 있으니 걱정할 필요가 없다는 것입니다.

문제는 카르마가 보복적인 면을 띨 때입니다. 카르마가 보복적인 면을 띤다는 것은 우리가 고통받을 때 알 수 있습니다. 무슨 요인인지 모르지만 우리가 고통을 겪게 된다면 그것은 우리가 우주의 법칙에 순응하고 있지 않다는 것을 나타낸다고 했습니다. 이 때문에 카르마가 징벌을 주는 것입니다.

카르마의 이러한 성격 때문에 우리는 벌을 받는다고 생각합니다. 그러나 이것은 잘못 생각하는 것입니다. 앞에서 누누이 말한 대로 카르마는 죄를 벌하는 그런 원리 혹은 존재가 아닙니다. 우리에게 고통이 생긴 것은 우리가 우주의 운행을 거슬렀기 때문이지 카르마를 건드려 벌을 받는 것이 아닙니다.

우리가 우주의 운행을 거슬렀을 때 카르마는 예외 없이 어떤 리액션(reaction), 즉 반작용을 합니다. 우리가 잘못한 만큼의 힘을 되돌려준다는 것이지요. 그 가운데 첫 번째로 볼 것은 직접적인 반작용입니다. 이것은 '부메랑적인 카르마'라고도 불립니다. 이름에서도 알 수 있는 것처럼 이것은 우리가 행한 그대로 되받는 것을 뜻합니다. 이 원리는 '눈에는 눈, 이에는 이'와 같은 것이니 쉽게 이해가 될 것입니다.

이런 예는 많이 있겠지요. 전생 언젠가 우리가 누구에게 피해를 주고 그의 재물을 갈취했다면 이번 생이든 다음 생이든 그에 상응하는 과보를 받는 것입니다. 예를 들어 이번 생에 자신이 아무 잘못도 안 했는데 누구에게 재정적인 손해를 보았다면 그것은 전생 언젠가에 그에게서 그만큼의 돈을 갈취했기 때문이라고 설명할 수 있습니다.

또 내가 아무런 잘못을 하지 않았는데 어떤 사람에게 괴롭힘을 당하거나 죽임을 당했다면 그것은 이전에 그에게 똑같은 일을 했을 확률이 높습니다. 그래서 카르마는 그 사람이 이전에 나에게 당했을 때 얼마나 괴로워했는지를 똑같이 느껴보라고 같은 사건을 재현해주는 것입니다.

이는 이번 경험을 통해서 나로 하여금 그 고통을 확실하게 경험하고 앞으로는 다시는 그런 일을 해서는 안 되겠다는 가르침을 받으라는 메시지를 담고 있습니다. 다른 사람을 괴롭히는 것은 우주적 혹은 카르마 원리에 맞지 않는다는 것을 보여주는 것입니다.

그럼 우리 사회에 어떤 범죄가 생겼을 때 우리는 무엇을 어떻게 해야 할까요? 우선 사회적으로는 이런 일이 더 이상 생기지 않도록 방안을 강구해야 합니다. 카르마 때문에 일어난 일이니 사회는 모른 척해도 된다는 태도는 절대로 안 됩니다. 우리는 우리 전체의 카르마적인 수준을 높이기 위해 우리 사회를 계속해서 개선해야 합니다. 이렇게 사회의 개선을 위해 노력하는 것은 우리의 영적 수준을 높이는 데에 아주 중요한 일이라는 것을 잊어서는 안 됩니다.

그다음에는 법률적으로 처리하는 문제입니다. 개인적 카르마로 인해 일어난 일이라고는 하지만 그렇다고 그냥 개인적인 일로 놓아두면 안 됩니다. 다시는 이런 일이 생기지 않도록 죄를 지은 사람을 법률적으로 징벌해야 합니다. 이것 역시 좋은 사회를 만들기 위한 일환이라고 하겠습니다.

마지막은 개인적인 차원의 일입니다. 이것은 아주 어려운 일이겠지만 피해자나 그 가족들이 가능한 한 범인을 원망하는 마음을 갖지 않도록 노력하는 것입니다. 그래야 이 카르마가 이번 생에서 끝나기 때문입니다. 그렇지 않고 또 원한의 마음을 가지면 다시금 카르마가 만들어져 당사자들은 그것을 나중에 또 해결해야 합니다.

그런데 만일 이때 원한을 마음속에만 두지 않고 실제로 복수로 행한다면 이 일은 이번 생이든 다음 생이든 반복됩니다. 그러니 또 이런 고통을 당하는 것보다 이번 생에 끝내는 게 훌륭한 방책이 아닐까요? 이 힘든 일을 또 겪는 것은 생각하기도 싫지 않습니까? 물론 이런 큰일을 당하고도 조용히 지나가는 게 대단히 힘든 일이라는 것은 잘 알지만 가능한 한 그 여파를 줄이자는 마음에서 이렇게 이야기를 해보는 겁니다.

그런데 조심해야 할 것은 이 부메랑적인 카르마가 꼭 자기가 저지른 그대로 돌아오는 것은 아니라는 것입니다. 예를 들어 내가 전생에 사람을 죽였다고 해서 이번 생에 꼭 죽임을 당하는 것은 아니라는 것입니다. 왜냐하면 한 사건에는 아주 다양한 변수들이 있기 때문입니다.

가령 내가 사람을 죽였다고 하지만 그 동기가 이기적인 것인지 아니면 공익적인 것인지에 따라 그 결과가 다를 수 있습니다. 만일 세상의 공적(公敵)을 내가 암살했다면 그 과보로 내가 피살되는 것으로 나타나지 않을 확률이 큽니다.

좋은 예가 될지 모르겠지만 안중근 의사 같은 경우 안 의사가 이토 히로부미를 죽인 것은 사사로운 감정이 아닌 나라와 국민 전체를 위해서였습니다. 따라서 그 과보가 전혀 다르게 나타날 것입니다. 여기에서 안 의사의 과보를 섣불리 예단하는 것은 바람직하지 않습니다. 우리는 그럴 능력도 없고 우리가 모르는 또 다른 수많은 변수가 있을 수 있기 때문입니다.

또 비록 내가 이기적인 이유로 사람을 죽였더라도 그 후에 진정으로 참회의 세월을 보냈다면 그것 역시 다음 생에 받을 과보의 강도를 많이 눅일 수 있을 것입니다. 이처럼 한 사건에는 수없이 많은 변수가 있어 정확하게 과보를 예측하기란 쉽지 않은 일입니다.

나는 사라지지 않습니다

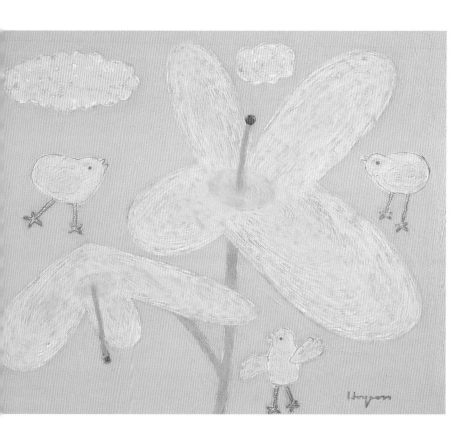

내 무덤 앞에서 울지 마세요.

나는 그곳에 없습니다. 나는 잠들지 않습니다.

나는 천의 바람, 천의 숨결로 흩날립니다.

나는 저 넓은 하늘 위를 자유롭게 날고 있습니다.

비근한 예들

여러분들의 이해를 돕기 위해 카르마가 위와 같은 원리에 따라 어떻게 작동하는가를 더 생생하게 보여주는 몇 가지 예를 더 들어보겠습니다.

어떤 사람이 별 이유 없이 다른 사람을 크게 비웃거나 비방해 그 사람을 극도로 힘들게 만들었다면 과연 이 사람은 어떤 과보를 받을까요? 이러한 행동에 정확한 이유가 있다면 별도의 문제이지만 만일 이유가 약하거나 아무 이유 없이 이런 일을 했다면 반드시 그에 상응하는 업보를 받아야 합니다.

그렇지 않습니까? 우리 주위에는 사람을 공연히 헐뜯고 비방하는 사람이 적지 않습니다. 이런 사건들의 피해자 중에는 특히 연예인들이 눈에 많이 띕니다. 대중들은 해당 연예인과 일면식도 없고 아무 원한 관계도 없는데 그 연예인을 공연히 비방하는 경우가 있습니다. 그 때문에 그것을 견디지 못한 연예인들이 자살을 하기도 하고 활동을 중단하기도 합니다.

몇 년 전에 잘나가던 가수의 학력을 가지고 십 수만이나 되는 사람들이 별 근거나 별 이유 없이 그 연예인과 가족들을 무척 괴롭힌 적이 있었습니다. 그 연예인이 학력을 속였다는 것이지요. 그들은 자기들끼리 인터넷 공간에 카페까지 만들어 정보를 주고받는 등 아주 활발하게(?) 활동을 했습니다. 나중에는 지상파 방송에서 다큐멘터리 필름까지 찍어 그 연예인의 무고함을 밝혔지만 그래도 그들은 수긍하지 않았습니다.

그런데 말입니다. 이 사람들이 행한 일이 그냥 지나갈까요? 글쎄요, 이 물질적인 사회에서는 그냥 지나갈지 모르겠습니다. 그러나 카르마의 세계는 냉혹합니다. 결코 그냥 지나치지 않기 때문입니다. 이 가수를 괴롭히는 데에 앞장섰던 사람들은 반드시 이에 상응하는 대가를 이번 생이 아니면 다음 생 언젠가 받게 될 것입니다.

이와 관련해서 소태산 박중빈 선생은 아주 재미있는 이야기를 합니다. 만약 어떤 사람을 대중 앞에서 별 근거 없이 아주 크게 창피를 준 일이 있다면, 그 사람은 내생에 얼굴에 흉한 점이나 아주 끔찍한 흉터가 생긴답니다. 그래서 평생을 남을 의식하면

서 활발하게 살 수 없게 된다고 합니다. 이것은 다른 사람으로
하여금 얼굴이 화끈거리게 했으니 당신도 당해보라는 것이지요.
그런 행위가 얼마나 나쁜지 알라는 것입니다.

그런데 이와 비슷한 이야기가 다른 사람에게서도 나오니 신기
합니다. 20세기 미국 최고의 신비가 중에 한 사람이었던 에드가
케이시도 이와 비슷한 이야기를 합니다. 그는 자가최면(self-
hypnosis) 상태에서 탁월한 가르침을 제시하여 '잠자는 예언자
(sleeping prophet)'라고 불린 신비가입니다. 그런 그의 실력은 공
적으로도 인정받아 당시 미국 대통령이었던 윌슨의 건강과 정치
적 이슈에 대해 예언을 해주기도 했습니다.

케이시는 이런 이야기를 했습니다. 어떤 사람이 지나친 비만
으로 고생을 해 케이시를 찾아왔습니다. 처음에는 최면 상태에
서 떠오른 약을 가지고 처방했습니다. 그런데 치료가 되지 않았
습니다. 그래서 케이시는 그의 전생을 조사해보았습니다. 그랬
더니 이 사람이 전생 언젠가 다른 사람이 살찐 것을 심하게 경멸
한 적이 있었던 것으로 나왔습니다.

이렇게 다른 사람을 아무 이유 없이 경멸하는 것은 카르마에
거슬리는 행위입니다. 그래서 이번 생에 그 자신이 고도 비만 체
질이 되어 고생을 하게 된 것입니다. 이것은 다시는 그런 일로
남을 경멸하지 말라는 카르마의 가르침이겠지요. 이런 경우는

이 사람이 진정으로 자신의 과오에 대해 뉘우치면 이 비만에서 해방될 수 있습니다.

그런데 이번 생에 겪는 극도 비만이 꼭 이런 이유 때문에 일어나는 일은 아닙니다. 비슷한 처지에 있던 어떤 극도 비만 환자를 조사해보니 그 사람은 직 전생에 굶어죽은 것으로 결과가 나왔답니다. 이것은 보복성적인 결과는 아닙니다. 추측컨대 이 사람은 전생에 굶어 죽으면서 음식에 대한 엄청난 갈구를 품었을 것입니다. 그래서 이번 생에 자신도 모르게 음식만 보면 무조건 탐한 것입니다. 안 먹으면 굶어 죽을 것이라는 두려움 때문에 말입니다.

이런 사람의 치료는 비교적 간단합니다. 자신이 굶어 죽었을 때의 전생을 최면으로 떠올리게 해 객관적으로 자신을 보게 하면 됩니다. 본인은 그 경험을 다시 생각하는 것이 싫겠지만 그 경험에서 벗어나려면 한 번은 다시 체험할 필요가 있습니다. 이렇게 객관적으로 보면 그때 가졌던 강박에서 벗어날 수 있습니다. 치료 효과를 더 좋게 하려면 최면사가 당사자에게 원인을 알았으니 이제부터는 더 이상 음식을 탐할 필요가 없다고 이야기해줄 수도 있습니다.

또 눈 밝은 사람들에 따르면 거리에 있는 노숙자들이나 거지들 가운데에는 전생에 왕 같은 정치적으로 아주 높은 자리에 있었던 사람이 더러 있다고 하더군요. 그런데 이 사람들이 높은 자리에 있을 때 제대로 했으면 이렇게 추락하지 않았을 텐데 아마 높은 자리에 있으면서 제멋대로 한 모양입니다. 다른 사람들 위에 군림하면서 거만하게 밑의 사람들의 인격을 무시하고 짓밟았던 거지요.

그러면 카르마는 균형을 찾기 위해 이 사람에게 다음 생은 다른 사람들 밑에서 빌어야 생존이 가능한 양태로 그들의 삶을 디자인한답니다. 그 결과 이번 생에는 거지나 노숙자로 태어났다는 것이지요. 그래서 그런 상태에서 전생에 다른 사람에게 준 굴욕을 당해보라고 하는 것입니다. 당해보면 다른 사람에게 그런 일을 하는 것이 얼마나 나쁜 것인지 알 터이니 다시는 하지 말라는 교훈을 주는 것입니다. 그러니까 이번에도 카르마는 당사자에게 벌을 주는 것이 아니라 좋은 기회를 주는 것입니다.

이런 기회에 자신이 행한 이전 행동이 얼마나 잘못됐지를 깨닫게 된다면 다음 생에는 다시 정상적인 생활로 되돌아가게 됩니다. 그런데 이런 상황에서 자신을 되돌아보는 사람이 몇이나 될지 궁금하긴 합니다. 보통의 우리는 이런 경우 대부분 사회나 다른 사람을 비난하면서 일생을 원한 속에 지내게 됩니다. 우리는 무조건 이런 원한에서 벗어나야 합니다. 그래야 그 카르마에서 해방될 수 있습니다.

이 같은 이야기가 나온 김에 비슷하면서도 생생한 예가 있어 한 번 소개해볼까 합니다. 조금 전에 인용한 원불교의 교전에 나오는 이야기입니다. 원불교는 우리 인간이 환생하면서 인과응보를 받는 교리를 매우 중시해 그 교전에 아예 '인과품'이라는 이름의 장이 있습니다. 이 이야기도 그 장에 나옵니다.

여기에서도 소태산은 사람이 만들어낼 수 있는 카르마는 끝도 없이 다양해 그것을 다 이야기할 수 없으니 가장 두드러지는 예만 전하겠다고 말합니다. 그 예를 보면, 어떤 사람이 남에게 애매한 말을 하여 그 사람의 속을 많이 상하게 하면 내세에 그 과보로 '가슴앓이'를 앓게 된답니다. 다른 사람의 가슴을 들끓게 했으니 본인의 가슴도 그렇게 되어보라는 것이겠죠. 이렇다고 해서 가슴에 문제가 있는 사람들이 모두 이전에 다른 사람의 속을 많이 상하게 한 것은 아니랍니다.

어떻든 이런 이야기들은 진위여부를 떠나서 우리에게 많은 교훈을 줍니다. 내가 다른 사람들에게서 좋은 대우를 받고 싶으면 그 사람을 잘 대해야 한다는 아주 평범한 진리 말입니다. 그리고 그 사람을 잘못 대하면 언젠가 반드시 내가 한 만큼 돌아온다는 평범한 진리 말입니다. 이처럼 카르마에 대한 공부만 제대로 해도 삶을 어떻게 살아야 하는지가 나옵니다.

모든 것은 흔적을 남긴다

◈

　이런 경우가 흔한 것은 아니지만 전생에서 어떤 강한 체험을 했을 경우 그것이 현생의 몸에 흔적을 남길 수 있습니다. 특히 전생의 마지막 순간에 아주 강렬한 체험을 하게 되면 그것이 그 사람의 무의식 깊은 곳에 강하게 프린트되어 그 다음 생에 영향을 끼치는 것입니다.

　많은 예를 들 수 있는데 우선 방금 전에 든 고도 비만증 환자의 경우를 보지요. 이 사람은 최면을 통해 비만의 원인이 전생에 굶어죽은 때문인 것으로 밝혀졌습니다. 이것을 염두에 두고 이 사람의 의식 상태를 추리해볼 수 있습니다.

　아마도 그는 전생의 마지막 순간에 음식에 대한 갈망을 자신의 무의식 깊은 곳에 심어놓았을 겁니다. 마지막에 굶어죽는 체험이 너무도 강해 자기도 모르게 이렇게 했을 것입니다. 그런데 그런 욕망이 그다지 강하지 않았다면 생이 바뀌었을 때 발현하지 않았을 터인데 이 사람의 경우는 그 욕구가 너무나 강했기 때문에 무의식을 뚫고 나온 겁니다.

이와 반대의 경우도 가능합니다. 어떤 사람이 유달리 소화기 기관이 약했습니다. 그래서 내과적인 진단을 다 해보았는데 그 원인을 찾을 수 없었습니다. 우리가 직면한 문제들의 원인을 찾을 때 무작정 전생으로 달려가서는 안 됩니다. 우선 이번 생에서 원인을 찾아보아야 합니다. 대부분은 이번 생에서 그 원인을 찾을 수 있습니다.

그런데 '전생만능주의자' 같은 사람들은 무조건 원인을 다 전생으로 돌리려 합니다. 이것은 명백히 잘못된 태도입니다. 전생을 찾아보는 것은 아무리 이번 생에서 원인을 찾고 해결책을 찾아보려 해도 그 단서가 나오지 않을 때 마지막 수단으로 해보는 것입니다. 이번 생을 검색해보지 않고 처음부터 전생을 뒤지는 것은 옳지 않은 태도입니다.

어떻든 이 사람이 아무 이유도 없이 소화기가 약해 전생으로 가는 최면을 해보았습니다. 그랬더니 이 사람은 직 전생에서 음식을 너무 많이 먹었고 그 후유증으로 그 생을 마감한 것으로 판독되었습니다. 이런 경우는 이해하기 어렵지 않습니다. 너무 많은 음식이 이 사람의 소화기관을 혹사시켰고 그것이 그대로 이번 생까지 이어져 소화기관이 약하게 된 것입니다. 이런 경우도 치료는 간단합니다. 최면으로 당시 과식하던 자신의 모습을 직면하게 하고 무엇이 잘못됐는지 스스로 느끼게 하면 대체로 그런 병에서 벗어날 수 있습니다.

이보다 더 극적인 예를 몇 개 더 들어보겠습니다. 공포증, 즉 '포비아(phobia)'도 전생과 연결해 설명될 수 있습니다. 가령 이유도 없이 높은 데에 올라가면 공포를 느껴 비행기를 못 타는 사람들이 있습니다. 이런 경우도 잘 조사해보면 이번 생의 체험과 관계되는 경우가 많기 때문에 우선 이번 생에서 그 원인을 찾아봅니다.

그런데 그렇게 하고도 이유가 안 찾아지면 그제야 전생으로 가보게 합니다. 이렇게 당사자로 하여금 전생으로 가게 할 때에는 그 사람의 증상이 일상생활을 하지 못하게 할 정도로 나쁠 때에만 하는 것이지 아무 때나 하는 것이 아닙니다. 이 경우에도 현생에 갖게 된 공포증의 원인이 될 만한 전생의 사건을 떠올리게 해 그것을 객관적으로 의식화 하는 것으로 치료가 될 수 있습니다.

폐쇄공포증도 마찬가지입니다. 이번 생에 별다른 이유 없이 좁은 공간에 있는 것을 아주 두려워하는 사람들이 있습니다. 그래서 승강기 타는 것도 힘들어합니다. 증세가 심해지면 아예 승강기를 타지 못할 수도 있습니다. 이런 증상이 중할 뿐만 아니라 자꾸 더 심해지면 이런 사람의 증상은 전생의 체험과 연결될 확률이 높습니다. 그때 겪었던 체험이 강해 지워지지 않고 다시 발현하는 것입니다.

또 이유도 없이 특정 동물을 무서워하는 경우도 비슷하게 설명될 수 있습니다. 다른 동물들과는 별문제가 없는데 어떤 특정 동물에 대해서만 비정상적으로 공포를 느낀다면 그것 역시 전생과 관계되는 것으로 의심해볼 수 있습니다. 의심해볼 수 있다는 것이지 꼭 그렇다는 것은 결코 아닙니다.

또 어떤 사람은 아주 심한 고독감을 토로하는 경우가 있습니다. 이런 사람들 가운데에는 전생에 자살을 한 경우가 간혹 발견된다고 합니다. 자살이라는 것이 무엇입니까? 스스로를 세상과 결별시키는 것 아닙니까? 그래서 그 체험의 영향으로 본인도 모르게 그런 생을 디자인해서 이번 생에 온 것입니다.

세상이 모질다고 생각해 자살을 한 것이니 이번 생에도 그런 세상과 계속해서 등을 지고 살겠다고 결심하고 그런 환경에 태어난 것입니다. 그런데 상처가 너무 심한 사람들은 이렇게 살아도 무방합니다. 이런 사람들은 상처의 치유가 어느 정도 마무리될 때까지는 세상과 유리되어 있을 필요가 있습니다. 섣불리 세상과 관계를 가져 다시 다치게 되면 상태가 더 악화될 수도 있기 때문입니다. 그러나 그 상처가 어느 정도라도 치유되면 다시 세상과 적극적으로 관계를 맺기 바랍니다.

그런데 왜, 우리는 기억하지 못할까?

꿈은 우리의 무의식이나 전생과 연결되는 통로 역할을 할 수 있습니다. 그래서 꿈을 잘 분석하면 무의식은 물론 전생의 흐린 기억도 되살릴 수 있습니다. 비근한 예를 들어보면, 만일 여러분들의 꿈에 같은 장면이 오랜 기간 계속해서 나오면 그것은 십중팔구 전생의 기억입니다.

그것과 연결된 전생의 기억이 아주 강렬해 그 부분만이 무의식을 뚫고 올라온 것입니다. 그래서 우리의 꿈에 나타날 수 있는 것입니다. 왜 그 부분이 꿈에 나타나게 됐는가는 사람마다 다르기 때문에 일률적으로 이야기할 수는 없겠습니다.

이 시점에서 드는 의문은 왜 우리는 전생을 기억하지 못하고 이렇게 깊은 꿈속에서나 만날 수 있느냐는 것입니다. 전생을 기억하면 그때 저지른 잘못을 반복하지 않고 훨씬 더 많은 진보를 할 수 있는 데 말입니다.

사실 우리도 아주 어렸을 때에는 전생을 기억하는 경우가 있습니다. 대체로 서너 살 이전의 소수 아이들의 경우지만 전생을 기억하는 사람들이 있습니다. 그래서 이상한 행동을 하기도 합니다. 또 상상 속의 친구를 갖기도 합니다. 이 상상 속의 친구는 이번 생에 이 사람을 보살피고 주시하는 수호령일 확률이 높습니다.

그런데 이때에는 자기를 표현하는 방법이 서투르기 때문에 그 기억이 전생의 것인지 모릅니다. 그리고 부모들은 그런 아이의 행동에 관심을 두지 않거나 무시해 아이 역시 그 기억에서 멀어집니다. 전생에 관해 기억나는 대로 무슨 말을 해도 부모는 믿지 않을 뿐만 아니라 외려 야단을 치니 아이는 곧 입을 다뭅니다. 그러다 보면 서서히 전생의 기억은 엷어집니다. 그래서 열 살 이상이 되면 더 이상 전생의 기억이 나지 않게 됩니다.

그러면 왜 두세 살의 아기들은 전생을 기억하는 것일까요? 추측컨대 그것은 이 아기들이 아직 이번 생에 적응이 되지 않은 데다가 직 전생에서 떨어져 나온 지 얼마 되지 않아서일 겁니다. 그러니까 이번 생의 질서에는 아직 편입되지 않았고 전생의 질서로부터는 완전하게 빠져나오지 않은 상태라고나 할까요?

그러다 열 살 전후가 되면 완전하게 이번 생에 사는 사람으로 정체성을 갖게 됩니다. 그때가 되면 자동적으로 전생의 기억은 무의식 깊은 곳으로 묻히게 됩니다. 이렇게 묻힌 전생의 기억은 꿈속에서나 희미하게 나타날 뿐 여간해서는 우리의 의식으로 올라오지 않습니다. 그래서 이번 생에만 전념하게 됩니다.

그럼 왜 우리는 이렇게 전생을 기억하지 못하는 것일까요? 사실 이것은 질문 자체가 이상할 수 있습니다. 조금 달리 질문해서 '만일 우리가 전생들을 다 기억하고 있으면 어떻게 될까요?'라고 한다면 곧 위의 질문이 잘못된 것임을 알 수 있을 겁니다. 만일 우리가 그 많은 전생들에 대한 기억이 다 난다면 도대체 이번 생을 어찌 살 수 있겠습니까? 정체성의 대혼란이 오겠지요. 이것은 직 전생에 대한 기억에 대해서도 마찬가지입니다.

비록 직 전생처럼 한 전생에 대해서만 기억을 갖고 있다 하더라도 이것 역시 그 사람에게 혼란을 가져다줄 것이 분명합니다. 자기뿐만이 아니라 주위에 있는 사람들도 전생에서의 역할과 현생에서의 역할이 다를 터인데 이것이 마구 헷갈리면 주위 사람들의 정체성을 파악하는 데에 큰 혼란이 생길 것입니다.

아주 비근한 예를 들어보지요. 이번 생에 모친으로 온 영혼이 전생에서는 딸이었다고 칩시다. 그러면 직 전생을 기억하는 이 사람은 어떻겠습니까? 이 사람이 딸인지 모친인지 헷갈리지 않

너무 늦기 전에 들어야 할 죽음학 강의

겠습니까? 그래서 어떻게 행동해야 될지 당황스럽습니다. 전생의 딸을 모친으로 생각하고 행동해야 하니 적응이 잘 안 될지도 모른다는 것입니다.

이런 까닭에 이 우주는 우리에게 전생의 기억을 무의식 깊은 곳에 저장시켜 기억이 나지 않게 했습니다. 왜 그랬을까요? 이번 생은 새로 시작하라는 것입니다. 전생들에서 어떻게 살아왔던 관계하지 말고 이번 생에 걸맞은 새로운 시도를 하라는 것입니다. 그러니까 새로운 기회를 주는 것입니다. 지금껏 못 풀었던 문제를 새로운 시각에서 풀어보라는 것입니다.

전생에 대한 기억을 다 갖고 태어나는 것은 시험 보러 들어갈 때 옛날에 적용해본 답을 가지고 가는 것과 같다고 할 수 있습니다. 옛날, 즉 전생에 시도했던 답은 한 번 적용해본 것입니다. 그런데 같은 문제를 갖고 이 지상에 다시 태어난 것은 당시의 해법이 그리 좋지 않았다는 것을 의미합니다. 따라서 이번에는 새로운 시각으로 도전해야 합니다. 그러니 전생의 기억이 그리 필요 없다고 할 수 있겠습니다.

삶의 목적을 찾아서

❧

이러한 시각에서 보면 이 물질계에 태어나는 일은 축복받을 만한 일입니다. 새로운 기회를 얻게 되니 말입니다. 그래서 선지자들은 이 지상에 태어나는 것을 꺼릴 게 아니라 외려 감사해야 한다고 말합니다. 이런 식으로 적극적으로 생각하는 것은 우리의 시야를 넓게 해주니 여러분들도 이렇게 생각해보시기 바랍니다.

사람들은 자신의 생일이 되면 친지나 친구들을 불러다놓고 잔치를 하면서 좋아합니다. 축하한다는 덕담과 함께 말입니다. 그런데 무엇을 축하한다는 것일까요? 이 질문에 대해 사람들은 보통 '태어나서 좋다'고 대답합니다. 그런데 가만히 생각해보십시오. 태어나서 이렇게 사는 게 좋다고요? 아니 이렇게 고생하면서 사는데 이게 좋다는 말입니까?

사는 건 어찌 살던 대단히 힘듭니다. 우리 대부분은 먹고살기 위해 악착같이 돈을 벌어야 합니다. 그러려면 회사에서 온갖 수모를 다 겪어야 하고 좋은 회사에 들어가기 위해 유치원부터 준비하면서 살인적인 경쟁을 해야 합니다. 그 때문에 사회는 미쳐 돌아가고……. 이런 부조리들을 나열하면 한이 없을 것입니다.

그뿐인가요? 하루 세 끼 먹는 것도 힘들 뿐만 아니라 그게 몸 밖으로 잘 안 나오면(변비나 치질 때문에) 더할 나위 없는 고통을 겪습니다. 병의 경우에 약한 감기 같은 것 하나만 걸려도 죽을 것 같고…… 그러다 암 같은 큰 병에 걸리면 그 고통은 말로 다 할 수가 없습니다. 이런 게 우리 인생 아닙니까? 게다가 우리나라에서 사는 것은 더 힘듭니다. 부조리한 면이 많아 그렇습니다. 그래서 한국인의 삶의 질은 OECD 국가 중 32위, 즉 꼴찌에서 두세 번째가 됩니다. 완전히 바닥을 친 것이지요.

이런 정황은 우리가 평소에 쓰는 말에도 잘 나타나 있습니다. 그렇지 않습니까? 살겠다고 이 세상에 태어났으면서 노상 죽겠다고 합니다. 그래서 조금 배부르면 배불러 죽겠다고 하고 조금 힘이 들면 힘들어 죽겠다고 합니다. 이는 사는 게 힘들어 자연스럽게 나오는 외마디 소리 같은 것입니다. 그런데도 이런 세상에 나온 날을 축하하시렵니까? 고통이 가득한 이 세상에 나온 것을 기뻐하시겠습니까? 오죽하면 불교에서는 첫 번째 교리가 '인생은 괴롭다'이겠습니까?

저는 이러한 상황을 죄수의 잔치에 비유하곤 합니다. 조금 생경한 일이지만 교도소에 있는 어떤 죄수가 자기가 교도소에 들어온 지 일 년이 되는 날 주위의 동료들을 불러놓고 잔치를 한다고 상상해보십시오. 오늘이 바로 자신이 일 년 전에 이 교도소에 들어온 날인데 여기에 들어오게 되어 참 기쁘니 같이 즐기자고 한다면 여러분들은 어떻게 생각하시겠습니까?

아마 우리 모두는 그를 정신병자라고 생각할 것이 틀림없습니다. 그렇지 않습니까? 교도소에 들어온 게 무슨 축하할 일이라고 잔치를 한답니까? 이게 얼마나 이상한 일입니까? 그러나 이 교도소를 이 세상으로 보면 우리가 생일잔치하는 것도 이 죄수가 교도소에서 입소 기념 돌잔치하는 것과 다를 바가 없습니다.

왜 그렇습니까? 이 세상도 어찌 보면 우리에게는 감옥 같은 곳이기 때문입니다. 아니 감옥보다 더 힘들고 열악한 장소일 수 있습니다. 그래도 감옥은 그 안에 가만히 있으면 안전하지만 이 세상은 언제 어떤 사건이 터질지 몰라 불안합니다. 사실 생각해보면 이 세상도 주위 사람들의 시선이나 참견을 의식하면서 살아야 하기 때문에 일종의 감옥이라고 할 수 있습니다.

그래서 이 세상에서는 당최 자유가 없습니다. 사회에서 정해

준 대로 살아야 한다는 의미에서 이 세상은 별로 자유롭지 못합니다. 사람들은 자신들이 매우 자유롭다고 생각하지만 사실은 사회가 정해준 틀대로 살고 있습니다. 그런 의미에서 이 세상을 감옥이라 해도 그다지 틀리지 않을 겁니다. 단지 창살이 보이지 않는 감옥이라고 할까요?

그런데 왜 이런 끔찍한 곳에 태어난 날을 축하하려는 것일까요? 외려 저주해야 하는 것 아닌가요? 이 세상에 태어나면서 끝없는 고통 속으로 들어왔으니 말입니다. 그럼에도 불구하고 생일은 마땅히 축하해야 하는 날입니다. 축하도 크게 축하해야 되는 날입니다. 왜일까요? 여기에 대해서는 앞에서 이미 많이 이야기했으니 이해를 돕기 위해 요약하는 것으로 대신하려 합니다.

왜 영혼들은 이 지상으로 내려올까요? 물론 카르마의 법칙에 따라 내려오는 것입니다마는 이 지상이 필요한 이유가 있습니다. 영계가 어떤 곳이라고 했습니까? 그곳은 자신과 파동이 비슷한 영혼들이 모여 사는 곳이라고 했습니다. 그리고 자신들이 생각하는 대로 주위 환경을 만들어낼 수 있는 곳이라고 했습니다. 따라서 좋습니다. 좋아도 너무 좋습니다. 물론 영혼의 성숙이 많이 된 사람들끼리 모였을 때에만 그런 것이고 그 반대일 때는 지상보다 더 안 좋은 상황이 벌어지기는 하지만요.

그리고 영계에서는 자신이 속하지 않은 다른 공동체와는 그다지 교류가 없습니다. 하고 싶지 않아서 그런 것이 아니라 진동수 혹은 주파수가 맞지 않으니 어쩔 수가 없습니다. 특히나 자신보다 높은 진동수를 가진 영혼들의 공동체는 어디 있는지도 모르고 가까이 갈 수도 없습니다. 앞에서도 이야기한 것처럼 차원이 높은 쪽은 낮은 쪽을 볼 수 있지만 차원이 낮은 쪽은 자신보다 높은 쪽을 볼 수 없습니다.

영계에서도 영적인 진보를 이루려면 우리보다 높은 영혼들을 만나 배워야 합니다. 그런데 그곳에서는 그럴 수 있는 기회를 만드는 일이 원천적으로 불가능합니다. 물론 파동수가 높은 영혼들이 몸소 내려온다면 그들에게서도 배울 수 있습니다. 그러나 그런 기회는 흔하지 않습니다. 그래서 영계에서는 '고만고만'한 영혼들끼리 모여 삽니다. 그래서 좋긴 한데 자극이 없습니다. 비슷한 영혼들끼리만 있으니 자극을 주고받을 일이 없는 것입니다.

그래서 일정한 시간이 흐르면 지상이 생각납니다. 충분히 쉬고 힘이 재충전되면 지상의 생활에 다시 도전하고픈 마음이 생깁니다. 스릴(?)이 넘치는 지상에 가서 많은 자극을 받고 싶은 마음이 나는 것이지요. 이런 의미에서 지상은 '빡센' 훈련장 혹은 학교라고 부를 수도 있겠습니다.

지상에서는 영계와는 달리 다양한 체험을 많이 할 수 있습니다. 왜냐하면 본인이 원한다면 자신과 다른 수준에 있는 영혼들을 만날 수 있기 때문입니다. 이런 일은 영계에서는 가능하지 않다고 했습니다. 영계에서는 자기와 다른 수준에 있는 영혼들을 만나는 일이 원천적으로 불가능하다고 했습니다.

그러나 지상에서는 나보다 훨씬 높은 영혼도 만날 수 있고 그 반대의 영혼도 만날 수 있습니다. 그래서 우리는 서로의 다름을 통해 많이 배울 수 있습니다. 영적 성장의 속도를 끌어올릴 수 있다는 것이지요. 따라서 이 지상에서는 급속 성장이 가능하게 됩니다.

그 때문에 이 지상의 삶은 힘듭니다. 그렇지 않겠습니까? 자신과 다른 영혼들을 만나서 다양한 체험을 하다 보면 힘든 일이 많이 생기지 않겠습니까? 그래서 이렇게 힘들게 배우고 나면 일정 기간 쉬어야 합니다.

우리가 학교 다닐 때에도 그렇지 않았습니까? 학기가 시작하면 곧 힘들어져서 학기가 끝나기만 기다렸던 기억이 나지 않습니까? 그래서 공부하는 학기가 다 끝나면 신나는 방학으로 들어갑니다. 이와 마찬가지로 지상에서의 삶을 마치고 영계로 가는 것은 너무 힘들었던 지상의 시간을 끝내고 쉬러 가는 것이라고 할 수 있습니다.

이처럼 우리는 지상 훈련장에서 수십 년을 공부한 뒤에는 쉬어야 합니다. 우리에게는 그럴만한 자격이 충분히 있습니다. 푹 쉬었다가 기운을 차려 더 높은 과제를 해결하고 영적인 진보를 한 단계 더 이룩해야 합니다. 다시 말해 공부할 수 있는 기력을 회복하면 지상에 다시 태어나야 한다는 것이지요.

바로 그런 이유로 우리가 지상에 다시 오는 것인데 항상 안타까운 것은 지상에 오면 너무나 강한 물질의 기운에 오염되어 자신이 여기에 왜 왔는지를 대부분의 사람들이 잊는다는 것입니다. 이것은 우리가 학교에 들어왔는데 배울 생각은 안 하고 딴 데에만 신경 쓰는 것과 같다고 하겠습니다.

만일 우리가 학교에서 공부를 게을리 하면 어떻게 됩니까? 공부를 너무 안 하면 아예 낙제를 해 그 학년을 다시 다닐 수도 있습니다. 그렇지 않고 졸업은 했지만 성적이 좋지 않으면 그다음 상급 학교에 갈 때 좋은 학교에 가지 못할 수 있습니다. 따라서 이런 일이 발생하면 본인에게 큰 손해가 됩니다. 이것은 지상에 공부하러 온 우리에게도 똑같이 적용됩니다. 여기서 딴전 피우면 가장 손해 보는 것은 우리 자신이라는 것을 잊어서는 안 되겠습니다. 그러니 어서 자신을 되돌아보고 이곳에 온 목적을 생각해보시기 바랍니다.

◉

죽기 위해 살고, 살기 위해 죽고

이제 종착역에 도달했습니다. 당신은 임종하기 직전부터 시작해 죽음을 거쳐 영계에 들어오기까지의 과정을 거치면서 각 단계에서 무슨 일이 생기는지에 대해 배웠습니다. 그리고 각 단계마다 어떻게 준비해야 하는지에 대해서도 배웠습니다.

이 공부를 통해 우리는 몸을 벗고 다음 세상으로 갈 때 가져가는 것은 우리의 카르마밖에 없다는 것을 확실하게 알았습니다. 그래서 우리는 이 카르마의 내용을 선하고 슬기로운 것으로 채워야 합니다. 그래야 우리의 영이 진화하기 때문입니다.

우리 인간은 어떤 고된 역경이 있더라도 지난(至難)한 목표인 자아 초월의 영역으로 가야 합니다. 아니 결국에는 우리 모두가 그 영역으로 가게 되어 있습니다. 이 우주가 존재하는 목적이 바로 이것이기 때문입니다. 앞에서 우리는 우주가 어떻게 생성되고 인간이 어떻게 태어났는지 보았습니다.

우주는 138억 년 전에 크게 폭발하면서 생겨났고, 지구는 45억 년 전에 만들어졌다고 했습니다. 그리고 이 지구에는 약 37억 년 전에 생명이 생겨났습니다. 그 뒤에 극히 최근인 약 200만 년 전에 자기의식을 지닌 인간이 지구에 출현했습니다.

그러니까 이 우주는 자기의식을 가진 인간을 지구에 출현시키기 위해 적어도 37억 년을 쓴 것입니다. 이 지구에서 자기의식을 가진 동물은 인간뿐입니다. 자기의식이란 자신이 존재한다는 것을 아는 지성적 기능을 말한다고 했지요. 동물에게는 이런 기능이 없습니다.

그런데 인간은 이 자기의식 때문에 이기주의에 빠져 욕심과 성냄, 어리석음에서 헤어나지 못하고 있습니다. 그래서 이 세계는 갈등이 끊이지 않고 있고 인류는 고통에 찌들어 있습니다. 우리 인류가 여기에서 벗어나는 길은 이 자기의식을 초월하는 수밖에 없습니다.

우주는 이처럼 모든 인간이 자기의식을 초월하게끔 돕고(?) 있습니다. 이것이 이 우주가 만들어진 목적입니다. 우주와 인간은 바로 이 목표를 향해 가고 있습니다. 모든 것이 이 목표로 수

렴된다는 의미에서 마지막 지점을 '오메가 포인트'라고 부르기도 합니다.

우주는 인간으로 하여금 이 오메가 포인트를 향해서 가게 하기 위해 카르마 법칙으로 인간에게 가르침을 주고 있습니다. 선하고 슬기로운 카르마를 만들어야 우리는 우주의 목표에 더 가까이 갈 수 있고 결국에는 도달할 수 있습니다.

그렇게 하기 위해서 우리는 먼저 공부를 해야 합니다. 이 공부는 다른 것이 아닙니다. 자신과 인간, 그리고 우주에 대해서 공부하는 것입니다. 그럼으로써 내 자신을 아주 깊은 차원에서 이해하고 나를 둘러싸고 있는 자연과 우주가 돌아가는 원리에 대해 배우는 것입니다.

이렇게 해서 얻게 되는 심오한 지혜는 자신의 영성을 개발하는 데 없어서는 안 되는 귀중한 지식입니다. 그리고 우리가 이생을 잘 마치고 영계로 들어갈 때 다른 지식은 가져가지 못하지만 이 영적인 지혜는 반드시 가지고 갑니다.

우리는 영계로 가서 이 지식을 더 공부해야 합니다. 이런 공부는 전혀 부담되지 않습니다. 외려 본인이 더 공부하기를 희망합니다. 진정한 인간이 되기 위해서는 이 공부를 하는 것 외에는 다른 방도가 없다는 것을 알기 때문입니다. 원래 공부는 이렇게 자발적으로 해야 하는데 이 지상에서의 학교 공부는 자발과는 많이 떨어져 있습니다.

지혜 쌓기 작업과 더불어 반드시 해야 하는 작업이 또 있습니다. 이웃으로 눈을 돌리는 일입니다. 이 머나먼 길은 절대로 혼자 갈 수 없습니다. 이웃과 같이 가지 않으면 도달하는 것 자체가 불가능합니다. 그래서 이웃을 배려하고 돕는 것은 봉사가 아니라 의무라고 할 수 있습니다.

아니 의무도 아니지요. 이웃을 돕는 바로 그 행위가 나를 돕는 최선의 길이니 의무라고 할 수도 없습니다. 이웃을 도우면 내가 제일 많이 도움을 받으니 의무라고 말할 수 없다는 것입니다. 그런 생각을 갖고 내가 도움을 받아야 하면 기꺼이 받고 내가 도움을 줄 수 있으면 그것도 기쁜 마음으로 해야 합니다.

우리가 이웃을 위해 할 수 있는 일에는 여러 가지가 있습니다. 재정적인 도움을 줄 수도 있고 영적으로도 도울 수 있습니다. 이런 것 외에도 우리가 이웃을 도울 수 있는 방법은 아주 많을 겁니다. 이것은 사람마다 다 다를 터이니 본인이 결정해야 합니다. 다시 말하지만 이렇게 이웃을 돕는 일은 결코 그 이웃만 돕는 것이 아닙니다. 그 도움을 통해 나는 더 많은 도움을 받고 지혜를 얻기 때문입니다.

이렇게 하면서 우리는 자신의 카르마를 선하고 슬기롭게 만드는 것에 대해서만 생각하며 살기로 합니다. 그러면서 항상 죽음을 생각하기로 합니다. 죽음을 생각하자는 것은 죽음 자체나 죽음 이후에 대해 생각하자는 것이 아니라 바로 '지금 여기'에서 나는 무엇을 어떻게 할까를 생각하기 위해서입니다.

'지금 여기'는 죽음과 맞닿아 있습니다. 동전의 앞뒷면처럼 항상 같이 갑니다. 그래서 우리는 이 둘을 항상 같이 생각해야 합니다. 그러나 가장 중요한 것은 '지금 여기'입니다. 모든 것은 지금 여기로 돌아와야 합니다.

부디 무소의 뿔 같은 강건함과 바람과 같은 자유로움을 갖고 나아가시길 빕니다. 우리가 가는 길이 아무리 멀고 험해도 반드시 완결점에 도달하시길.

누구도 피해갈 수 없는 삶과 죽음의 인생학

10년 전 40대 후반에 접어들면서 문득 '내가 죽으면 어떻게 되나?'라는 궁금증이 들었다. 20년 넘게 내과 의사로서 심폐소생술도 하고 말기 암 환자에게 시한부 선고를 한 적도 있었는데 말이다. 그런데 이런 궁금증에 대한 해답을 찾을 수가 없었다. 의과대학과 전공의 과정에서는 생물학적 죽음만을 배웠을 뿐, 죽음 너머를 공부하지 못했다. 종교의 교리나 문화적 전통에서 제시되는 이야기보다는 죽은 후에 실제로 무엇이 일어나는지를 알고 싶었다.

때마침 엘리자베스 퀴블러 로스 박사의 《사후생: 죽음 이후의 삶의 이야기》를 읽게 되었다. 로스 박사는 어린이 환자의 죽음을 많이 지켜본 정신과 의사인데, 뒤집으면 날개가 달린 나비로 변하는 애벌레 모양의 인형을 죽어가는 어린이들에게 보여주면서, 죽음을 두려워할 필요가 없다고 이야기해줬다. 그는 "인간의 육신은 영원불멸의 자아를 둘러싼 껍질에 불과해서, 죽음은 존재하지 않고 다른 차원으로의 이동"이라고 일관되게 얘기했다. 로스 박사는 많은 환자들이 임종이 임박해 겪은 삶의 종말체험과 근사체험을 관찰하고 이를 연구하여 그런 결론에 도달했던 것이다. 나는 이 책을 보며 마음의 큰 위안을 얻게 되었는데, 그것은 죽음과 죽음 이후를 알게 되었기 때문이다.

사후세계와 영적인 세계에 대해 더 깊은 관심을 갖게 된 계기는, 《사후생》을 번역한 이화여대의 최준식 교수가 회장으로 있는 〈한국죽음학회〉 주최 2008년 가을 심포지엄이었다. '신비가들이 직접 체험한 사후세계'를 주제로 열린 이 학술모임에서는 18세기의 위대한 신비가인 스웨덴의 스베덴보리와 함께 20세기의 신비가 다스칼로스에 관한 발표가 있었다. 최준식 회장은 "인간은 저승사자의 입맞춤보다 더 달콤한 키스를 맛본 적이 없으리라"라고 한 다스칼로스의 말을 소개했는데 무척 인상적이었다.

이후 눈에 보이지 않는 세계에 대한 지속적인 관심과 공부는 삶과 인간 의식과 우주에 대한 이해의 지평을 크게 확장시켜주었다. 그리고 확장된 의식은 수십 년간 받아온 현대 과학 교육이나 의과대학 교수로서의 삶과 전혀 충돌하지 않았다. 오히려 과학의 부족한 부분을 보완해주는 역할을 해주었다.

길모퉁이를 돌아서면 죽음과 마주칠 날이 한 달 후일지 일 년 후일지 모른 채 우리는 정신없이 살아간다. 그런데 죽음을 제대로 알게 되면 우리들 삶이 얼마나 소중한지를 비로소 깨닫게 된다. 죽음이 코앞에 닥쳐서야 죽으면 어떻게 되는가를 궁금해하고 두려워할 게 아니라 지금부터라도 언젠가 맞이하게 될 자신의 죽음에 대비해 나간다면, 자신에게 주어진 삶을 더욱 빛나게 살아내리라 확신한다.

최근 수년간 죽음과 죽어감에 관련된 책을 200여 권 넘게 읽었지만, 최준식 교수의 이 책처럼 죽음과 사후생에 대해 균형 잡힌 시각을 전해주는 책은 많지 않았다. 인간의 죽음부터 죽음 그 후까지를 우리에게 아주 상세하면서도 친절하게 알려준다. 《너무 늦지 않게 들어야 할 죽음학 강의》는 우리가 죽음에 이르러 육신을 벗어나 미지의 세계인 사후세계로 이동했을 때 전혀 당황하거나 두려워하지 않게 이끌어주는 가장 믿음직스러운 길잡이가 되어줄 것이다.

정현채(서울대학교 의과대학 내과 교수)